RENAUD DÉLY AUREL

SARKOZY
et les riches

DRUGSTORE

Des mêmes auteurs

Chez le même éditeur
SARKOZY ET SES FEMMES

De Aurel

Chez le même éditeur
ÇA IRA MIEUX DEMAIN
(Collectif)
ÇA POURRAIT ÊTRE PIRE
(Collectif)

Éditions Glénat - Couvent Sainte-Cécile - 37 rue Servan - 38000 GRENOBLE
Dépôt légal : novembre 2011
I.S.B.N. 978-2-7234-8593-7
Achevé d'imprimer en Italie par L.E.G.O. S.p.A.,
sur papier provenant de forêts gérées de manière durable.

Sommaire

ET LE PETIT NICOLAS DEVINT GRAND... ENFIN PRESQUE.

Il était une fois un ambitieux jeune homme de 28 ans prénommé Nicolas, qui rêvait de conquérir la mairie de Neuilly. En avril 1983, le maire de la ville, Achille Peretti, décède subitement. La place est libre… La plupart des membres du conseil municipal songent à l'expérimenté, et rusé, **Charles Pasqua** pour empocher le magot. Mais avec son accent, ses mauvaises manières et ses pompes bicolores, le vieux Charles ne fait vraiment pas couleur locale. Trop vulgaire pour Neuilly, la BCBG. Le jeune Nicolas Sarkozy s'engouffre dans la faille. Pour s'imposer, il fait ses premières gammes dans le « bling-bling » et s'applique à séduire un à un les riches et puissants de la ville. Dans son petit bureau, il épluche le *Who's Who* de Neuilly-sur-Seine, un véritable Bottin mondain. Émerveillé, il pousse des cris de bonheur, ébahi, à chaque fois qu'il tourne une page. « Bouygues habite là ! Oh la vache ! Et puis il y a Lagardère, ou là là !!! Et même les vieux Bettencourt, c'est dingue... Ceux-là, ils sont pleins aux as ! »

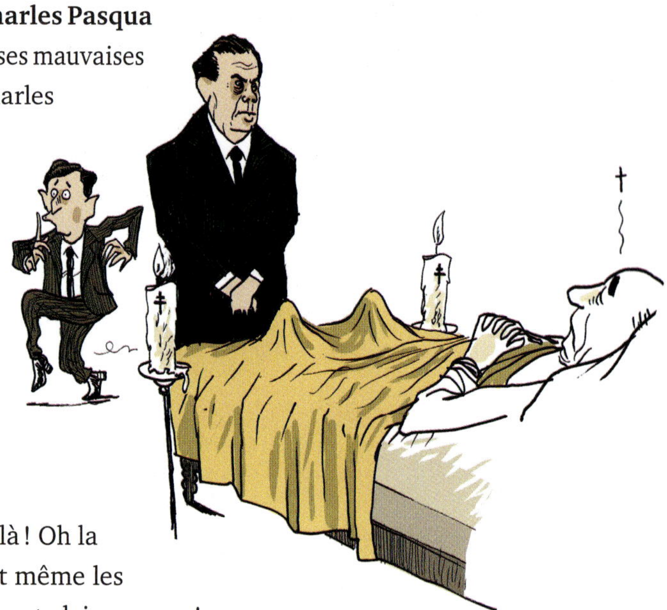

Le petit Nicolas n'en croit pas ses yeux. « Et puis il y a tout le show-bizz ! : Sardou ! Et Johnny ! Et même Jacques Martin ! Et Jacques Séguéla, l'homme qui a fait élire Mitterrand ! Un jour, il fera de moi un président ! » conclut le jeune homme.

En refermant le livre, le petit Nicolas s'enthousiasme : « Neuilly, c'est un vrai paradis ! »

Ainsi, toujours accompagné de son fidèle Brice Hortefeux qui ne le lâche pas d'une semelle, Nicolas s'en va frapper à la porte des hôtels particuliers de toutes ces célébrités.

« Bonjour m'sieu Lagardère. Moi, c'est Nicolas Sarkozy, je suis avocat ! Je vais être votre maire ! Et j'adore les missiles, vous savez, et puis les avions aussi… »

« Bonjour m'sieu Bouygues. Oh ! Vous avez une belle maison. Solide ! Une maison de maçon, bien sûr ! »

Un carnet à la main, le petit Nicolas, accompagné de sa secrétaire Babette et d'un garde du corps, arpente les rues de Neuilly pour y inspecter la moindre crotte de chien, le moindre parterre de fleurs défraîchi et noter tout ce qui a été fait ou pas par les services municipaux. Enfin, un beau jour, Nicolas Sarkozy est élu maire de Neuilly ! Et chaque soir, il se fait inviter dans un salon différent de la bourgeoisie neuilléenne où le jeune avocat fanfaronne. Il fait son malin devant un auditoire acquis de bourgeois tout enamourés. Il organise des réunions sur différents thèmes : la propreté, l'école, la sécurité. Son côté jeune, dynamique et propret plaît. Nicolas Sarkozy devient la coqueluche de Neuilly. Il lui arrive parfois de faire trois dîners dans la même soirée !
Mais jamais, au grand jamais, le petit Nicolas n'omet d'entonner son célèbre refrain :

ÂGE : 59 ans.
PARCOURS : Succède en 1989 à son père comme PDG du groupe Bouygues (BTP, téléphonie et audiovisuel), dont le CA est de 31 milliards d'euros.
Il en contrôle 18,6 %
Réalise en 2007 une plus-value de près de 3 millions d'euros grâce à la vente de ses stock-options.
SALAIRE : L'un des patrons les mieux payés de France : 3,4 millions d'euros en 2009.
FORTUNE : 22e au classement *Challenges* 2011
Fortune personnelle de 2,295 milliards d'euros.

Martin Bouygues
LE COPAIN

« Fils de », Martin Bouygues est l'un des rares héritiers qu'apprécie vraiment le président. Ils ont tant de souvenirs en commun : la prise de Neuilly, les premiers pas de l'ascension vers le pouvoir, les années Cécilia, les coups de main de TF1. Toujours là dans les coups durs, Martin, c'est un copain, un vrai… et avoir un bon copain, c'est ce qu'il y a de plus beau au monde !

1994 - Un après-midi de printemps. Mairie de Neuilly.
MARTIN...
GROUMPF GROUMPF
IL FAUT QUE...
GROUMPFF MIAM
JE TE DEMANDE...
SLUUURPP
UN SERVICE.
OUI, MON NICO...
GROUMPFF MIAM
TOUT CE QUE TU VOUDRAS...
MIAM
TU SAIS QU'ÉDOUARD VA ÊTRE CANDIDAT À LA PRÉSIDENTIELLE. C'EST LE MEILLEUR.
C'EST LUI DONT LA FRANCE A BESOIN.
C'EST SURTOUT CELUI DONT NOS AFFAIRES ONT BESOIN !
T'AS RAISON, AVEC LUI ON VA SE FAIRE UN PAQUET DE FRIC !
ALORS QU'EST-CE QUE JE PEUX FAIRE POUR TOI ?
JE VEUX (ENFIN JE SOUHAITERAIS) QUE TF1 FASSE LA CAMPAGNE D'ÉDOUARD BALLADUR...
IL FAUT QUE TU NOUS AIDES À ÉCRASER L'AUTRE CON.
?

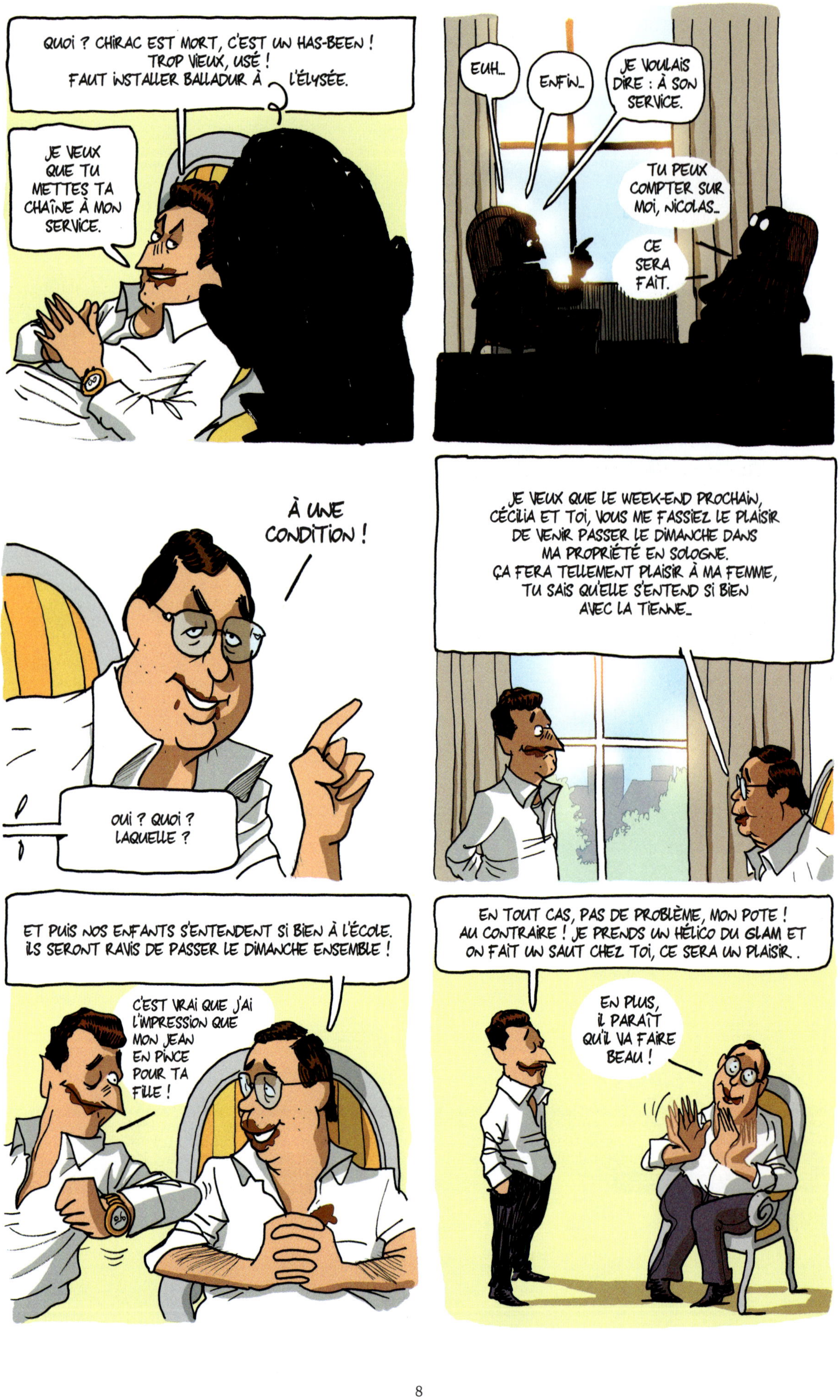
QUOI ? CHIRAC EST MORT, C'EST UN HAS-BEEN ! TROP VIEUX, USÉ ! FAUT INSTALLER BALLADUR À L'ÉLYSÉE.
JE VEUX QUE TU METTES TA CHAÎNE À MON SERVICE.
EUH...
ENFIN...
JE VOULAIS DIRE : À SON SERVICE.
TU PEUX COMPTER SUR MOI, NICOLAS...
CE SERA FAIT.
À UNE CONDITION !
OUI ? QUOI ? LAQUELLE ?
JE VEUX QUE LE WEEK-END PROCHAIN, CÉCILIA ET TOI, VOUS ME FASSIEZ LE PLAISIR DE VENIR PASSER LE DIMANCHE DANS MA PROPRIÉTÉ EN SOLOGNE. ÇA FERA TELLEMENT PLAISIR À MA FEMME, TU SAIS QU'ELLE S'ENTEND SI BIEN AVEC LA TIENNE...
ET PUIS NOS ENFANTS S'ENTENDENT SI BIEN À L'ÉCOLE. ILS SERONT RAVIS DE PASSER LE DIMANCHE ENSEMBLE !
C'EST VRAI QUE J'AI L'IMPRESSION QUE MON JEAN EN PINCE POUR TA FILLE !
EN TOUT CAS, PAS DE PROBLÈME, MON POTE ! AU CONTRAIRE ! JE PRENDS UN HÉLICO DU GLAM ET ON FAIT UN SAUT CHEZ TOI, CE SERA UN PLAISIR.
EN PLUS, IL PARAÎT QU'IL VA FAIRE BEAU !

Édouard Balladur arrive troisième au premier tour de la présidentielle de 1995 avec 18,15 % contre 23,2 % pour Lionel Jospin et 20,08 pour Jacques Chirac. Jacques Chirac est élu le 7 mai 1995 président de la République, avec 52,64 % des voix au deuxième tour contre le candidat socialiste Lionel Jospin.

Été 1996, mairie de Neuilly.
GROUMPF MIAM
MARTIN, IL FAUT QUE JE TE DEMANDE QUELQUE CHOSE...
MIAM
OUI, MON NICO...
MIAM
TOUT CE QUE TU VOUDRAS...
EN OCTOBRE, CÉCILIA ET MOI ALLONS NOUS MARIER,
TU LE SAIS.
J'AIMERAIS TELLEMENT QUE TU SOIS NOTRE TÉMOIN...
BIEN SÛR, NICOLAS !
TU SAIS QUE JE NE PEUX RIEN TE REFUSER ET PUIS C'EST UN HONNEUR POUR MOI
Quleques jours plus tard...
NICOLAS, S'IL TE PLAÎT.
TF1
MAINTENANT C'EST MOI QUI AI UN SERVICE À TE DEMANDER.
BEN OUAIS MARTIN, BIEN SÛR.
TOUT CE QUE TU VEUX.
J'AI BESOIN DE TES TALENTS D'AVOCAT.
IL FAUT QUE TU M'AIDES À REPOUSSER LA TENTATIVE D'OPA DE CETTE ORDURE DE BOLLORÉ.
IL VA ME BOUFFER SI JE LE LAISSE FAIRE !

Le Cabinet Arnaud Claude & associés est un cabinet d'avocats parisiens spécialisé dans le droit des affaires, fondé en 1987 par trois associés : Nicolas Sarkozy, Arnaud Claude et Michel Leibovici, aujourd'hui décédé. Nicolas Sarkozy n'y exerce plus depuis qu'il a été élu président de la République.

À l'automne 1997, Vincent Bolloré, entré amicalement au capital du groupe Bouygues, lance une OPA pour tenter d'en prendre le contrôle. Martin Bouygues appelle au secours son ami avocat Nicolas Sarkozy. C'est finalement François Pinault qui rachète en catastrophe les parts détenues par Bolloré. Sarkozy a sauvé la mise de son ami Martin. Depuis cette date, Martin Bouygues et Vincent Bolloré semblent irréconciliables.

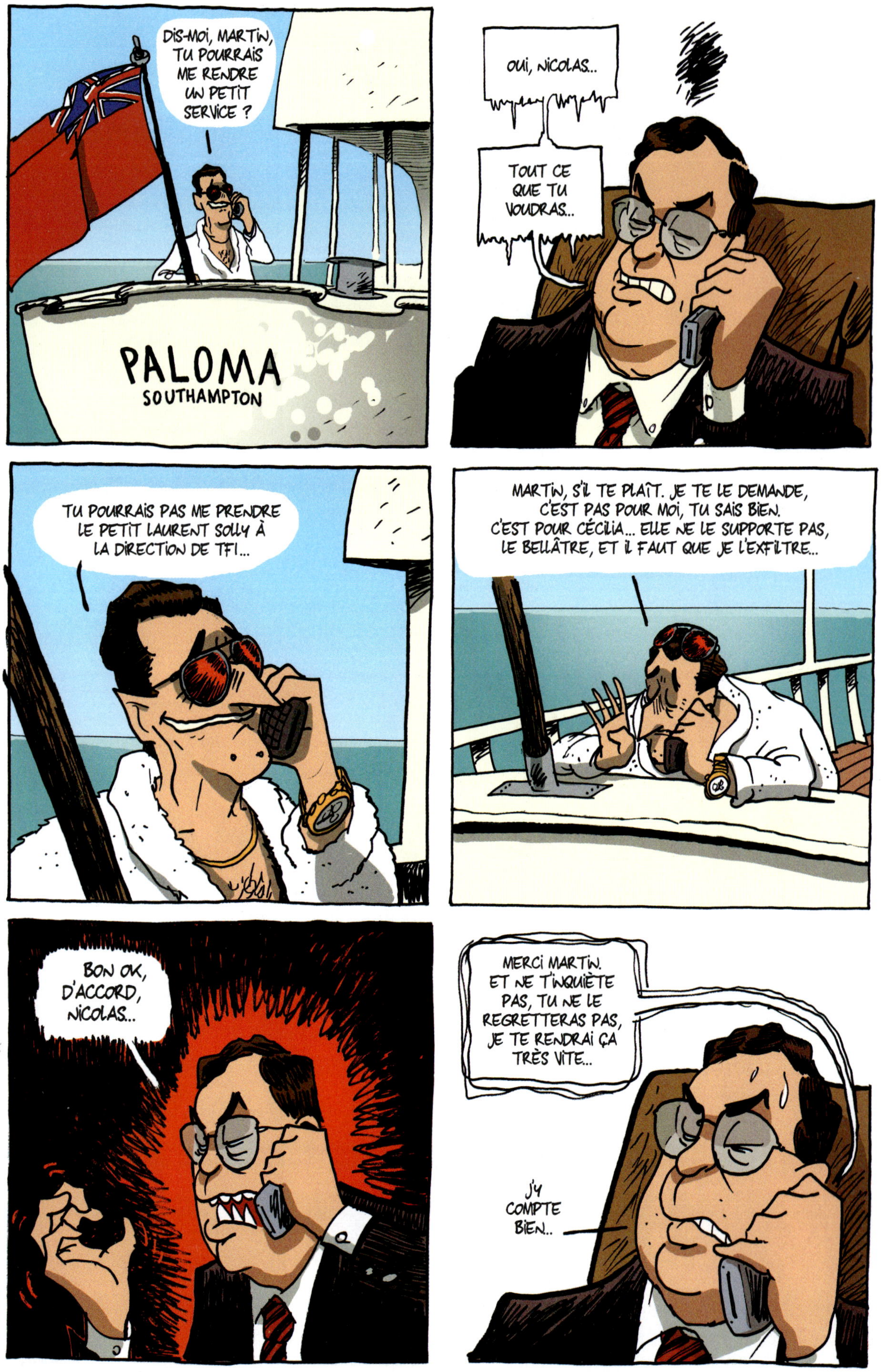

DIS-MOI, MARTIN, TU POURRAIS ME RENDRE UN PETIT SERVICE ?
PALOMA
SOUTHAMPTON
OUI, NICOLAS...
TOUT CE QUE TU VOUDRAS...
TU POURRAIS PAS ME PRENDRE LE PETIT LAURENT SOLLY À LA DIRECTION DE TF1...
MARTIN, S'IL TE PLAÎT. JE TE LE DEMANDE, C'EST PAS POUR MOI, TU SAIS BIEN. C'EST POUR CÉCILIA... ELLE NE LE SUPPORTE PAS, LE BELLÂTRE, ET IL FAUT QUE JE L'EXFILTRE...
BON OK, D'ACCORD, NICOLAS...
MERCI MARTIN. ET NE T'INQUIÈTE PAS, TU NE LE REGRETTERAS PAS, JE TE RENDRAI ÇA TRÈS VITE...
J'Y COMPTE BIEN...

Palais de l'Élysée, décembre 2007.
TU SAIS, NICOLAS...
ÇA NE VA PAS TRÈS FORT... LE TITRE TF1 EST AU PLUS BAS, L'AUDIENCE EST EN CHUTE...
QU'EST-CE QU'ON PEUT FAIRE?
TIENS !
C'EST QUOI ?
UN GENRE DE LIVRE BLANC SUR LA TÉLÉVISION. ÇA S'APPELLE: « LES GRANDS ENJEUX DE LA RÉGULATION DANS L'AUDIOVISUEL »
Alain Minc
« Afin de remédier au sous-financement structurel de la télévision, il conviendrait de prendre exemple sur le modèle britannique, celui d'un service public de l'audiovisuel exclusivement financé par des fonds publics. »
PAS BÊTE, ÇA.
PAS BÊTE ? MAIS C'EST GÉNIAL, NICOLAS ! EN PLUS, TU SERAS CELUI QUI FAIT CE QUE MITTERRAND N'A PAS OSÉ FAIRE.
LA SUPPRESSION DE LA PUB SUR LE SERVICE PUBLIC !
C'ÉTAIT DANS LES 110 PROPOSITIONS DE SA CAMPAGNE DE 81 !
Conférence de presse du 8 janvier 2008
EN 2008, LA POLITIQUE DE CIVILISATION S'EXPRIMERA DANS LA RÉNOVATION DE L'AUDIOVISUEL PUBLIC.
JE PROPOSE QUE NOUS ACCOMPLISSIONS UNE VÉRITABLE RÉVOLUTION CULTURELLE DANS LE SERVICE PUBLIC DE LA TÉLÉVISION.
JE SOUHAITE QUE LE CAHIER DES CHARGES DE LA TÉLÉVISION PUBLIQUE SOIT REVU ET QUE L'ON RÉFLÉCHISSE À LA SUPPRESSION TOTALE DE LA PUBLICITÉ SUR LES CHAÎNES PUBLIQUES.

Pour compenser la perte de recettes due à la suppression de la publicité sur les chaînes publiques, Nicolas Sarkozy avait imaginé d'instaurer une taxe sur le matériel électronique, les forfaits mobile et Internet et les chaînes privées.

Les députés ont voté en octobre 2010 une baisse de la taxe sur le chiffre d'affaires publicitaire des chaînes privées de 0,75 % à 0,5 %, instaurée pour combler le manque à gagner de la fin de la publicité sur France Télévisions. Un allègement justifié, selon l'UMP, par le moratoire de deux ans pour la suppression totale de la pub accordé à France Télévisions. Initialement, cette taxe avait été fixée à 3 % mais ramenée à 1,5 %, puis ensuite à 0,75 % en 2009. À chaque fois, le lobbying de Martin Bouygues et du groupe TF1 a été puissant. Et efficace.

Xavier Niel est vice-président d'Iliad, la maison mère de Free, fournisseur d'accès à Internet. Il s'est fermement opposé à la loi Hadopi, la qualifiant de « bêtise » et de loi « folle ». La quatrième licence de téléphonie mobile a été attribuée en décembre 2009 à Free Mobile qui était le seul candidat

Antoine Bernheim
LE PARRAIN

Le vieil Antoine sait miser sur les jeunes pousses promises à un bel avenir. Dans les affaires comme en politique. Ainsi, c'est lui qui a mis le pied à l'étrier du jeune Nicolas Sarkozy, qui lui a ouvert les portes du monde du business, qui l'a introduit dans le gotha des affaires, et qui lui a tendu la main dans les heures sombres, au lendemain de défaites électorales. Avant, l'âge venu, d'être négligé par son poulain, une fois celui-ci parvenu au faîte de la gloire et du pouvoir.

ÂGE : 87 ans.
POSTE : Ancien associé-gérant de la banque Lazard.
Cofondateur puis ancien PDG d'Euromarché.
Ancien vice-président de la banque italienne Mediobanca,
Ex-PDG du groupe d'assurances italien Generali.
DISTINCTION : Élevé par Nicolas Sarkozy au rang de grand-croix de la Légion d'honneur le 13 juillet 2007.

Au lendemain de la défaite d'Édouard Balladur à la présidentielle de 1995, Nicolas Sarkozy, qui était son principal lieutenant, est considéré comme un traître à droite. Dans les meetings organisés par le RPR, son nom est hué et il se fait cracher dessus par les militants.

OUI NICOLAS, SOUVIENS-TOI, TU VENAIS À PEINE D'ÊTRE ÉLU MAIRE DE NEUILLY QUAND TU ES VENU SONNER CHEZ MOI..
J'ME SOUVIENS, ANTOINE... TU AS ÉTÉ SI GÉNÉREUX, ANTOINE...
Bernheim
MERCI M'SIEU ANTOINE !
ET PUIS C'EST VRAI, J'ME SOUVIENS, TU M'AS PRÉSENTÉ TELLEMENT DE MONDE, ANTOINE...
DES IMPORTANTS, DES PUISSANTS, DES RICHES...
BON, EH BIEN MOI QUI TE CONNAIS DEPUIS TOUT JEUNE, JE SAIS QUE TU PEUX SURMONTER CETTE PÉRIODE DIFFICILE...
TU EN AS L'ÉNERGIE. CROIS-EN MON EXPÉRIENCE...
NON, ANTOINE, CETTE FOIS, J'EN PEUX PLUS ! JE VEUX FAIRE DU FRIC.
AIDE-MOI À INTÉGRER UNE BANQUE D'AFFAIRES, S'IL TE PLAÎT.
DU FRIC, VOILÀ CE DONT J'AI BESOIN, DU FRIC, VOILÀ CE QUE JE VEUX !!!

Un mois plus tard, golf de Morfontaine.
NICOLAS, TU NE VIS QUE POUR LA POLITIQUE.
CONTINUE, TU RÉUSSIRAS.
NON, FRANCHEMENT, J'EN AI MARRE. J'VEUX FAIRE DU FRIC..
NICOLAS ! TU AS ENCORE D'IMPORTANTES MISSIONS À ACCOMPLIR NOUS AVONS BESOIN DE TOI AU PLUS HAUT!
AU PLUS HAUT?
OUI, À L'ÉLYSÉE!
AAHHH OUI !
6 mai 2007 - le Fouquet's
C'EST GRÂCE À MOI.
C'EST
GRÂCE
À
MOI
C'EST GRÂCE À MOI SI CE GARNEMENT EST ÉLU À L'ÉLYSÉE, C'EST GRÂCE À MOI..
OUI, ANTOINE,
MERCI ANTOINE,
OUI ANTOINE, MERCI..
VINCENT, TU DEVRAIS PRÊTER TON YACHT À NICOLAS ET CÉCILIA POUR QU'ILS SE REPOSENT QUELQUES JOURS..
Septembre 2007 à l'Élysée.
ALORS, ÇA VA LES TOURTEREAUX? IL EST BIEN, VOTRE NOUVEAU PETIT NID D'AMOUR ? C'EST PAS MAL, L'ÉLYSÉE, NON ?
QUEL VIEUX CON !
M'ENFIN, CÉCILIA..

Nicolas Sarkozy élève Antoine Bernheim au rang de grand-croix de la Légion d'honneur. Vincent Bolloré, poulain de Bernheim, figure au premier rang parmi les quelques invités à la cérémonie qui se déroule à l'Élysée.

Nicolas Sarkozy et Silvio Berlusconi ont signé en février 2009, à l'issue du 27e Sommet franco-italien, un accord de coopération nucléaire ouvrant la voie à la construction de quatre centrales EPR en Italie par EDF et Areva.

Pendant des mois, Henri Proglio et Patrick Kron savonnent la planche d'Anne Lauvergeon, la patronne d'Areva, auprès de Nicolas Sarkozy. L'un comme l'autre réclament au président de la République de ne pas renouveler le bail de l'ancienne sherpa de François Mitterrand. Ils ne la supportent pas et leur collaboration industrielle est secouée de nombreux désaccords et incidents. Le patron d'EDF et celui d'Alstom finiront par obtenir gain de cause au printemps 2011.

Antoine Bernheim a été évincé de la présidence de la compagnie d'assurances Generali à l'issue d'un vote du conseil d'administration qui s'est déroulé au début du mois d'avril 2010.

RÉPUBLIQUE FRANÇAISE
HONNEUR ET PATRIE

Arnaud Lagardère
LE PROTÉGÉ

Son père, Jean-Luc, l'avait placé aux bons soins de Nicolas Sarkozy. Alors le président s'acquitte de sa mission. Il protège, choie, réconforte le petit Arnaud, si peu prêt à prendre en mains les rênes de la holding familiale. Depuis qu'il est patron, Arnaud, lui, n'en fait qu'à sa tête et accumule les bourdes. Sous le regard courroucé mais attentionné de son grand « frère » Nicolas. Au final, le chef de l'État le sermonne, mais lui passe tout. Et lui donne beaucoup…

16 octobre 1987
BLABLA ÉCONOMIE BLABLABLABLA BLABLABLA
BLA BLABLABLA POLITIQUE BLABLA
BLA BLABLABLA MATRA BLABLA
Avenue Hoche
Domicile de Jean-Luc Lagardère
BLABLA LA FRANCE BLABLABLABLA
MOI JE CROIS QUE...
BLA BLA
BLA BLA
BLABLA BLABLABLA BLABLA
BLA
ÇA NE PEUT PLUS DURER...
IL FAUT ÊTRE EFFICACE BLABLABLABLA
IL FAUT CHANGER BLABLABLA
IL FAUT PRENDRE DES MESURE...
BLABLA BLABLA
BLA BLA
MOI, À NEUILLY BLABLABLA...
BLABLA BLABLA
BLABLA BLABLA
BLA
BLA BLA
ET PLUS TARD, NICOLAS, QUELLE EST VOTRE AMBITION ?
VOUS SAVEZ CE QUE VOUS VOULEZ ?
À VOTRE AVIS ? L'ÉLYSÉE, BIEN SÛR !
IL PARAÎT QUE C'EST AGRÉABLE À VIVRE ET PLUTÔT BIEN CHAUFFÉ...
TU VOIS, ARNAUD, NICOLAS SARKOZY, LUI, IL OSE. IL N'A PAS FROID AUX YEUX ! IL EST COURAGEUX ! IL PREND DES RISQUES !
C'EST RIEN, MON P'TIT GARS...
T'INQUIÈTE, JE T'APPRENDRAI.

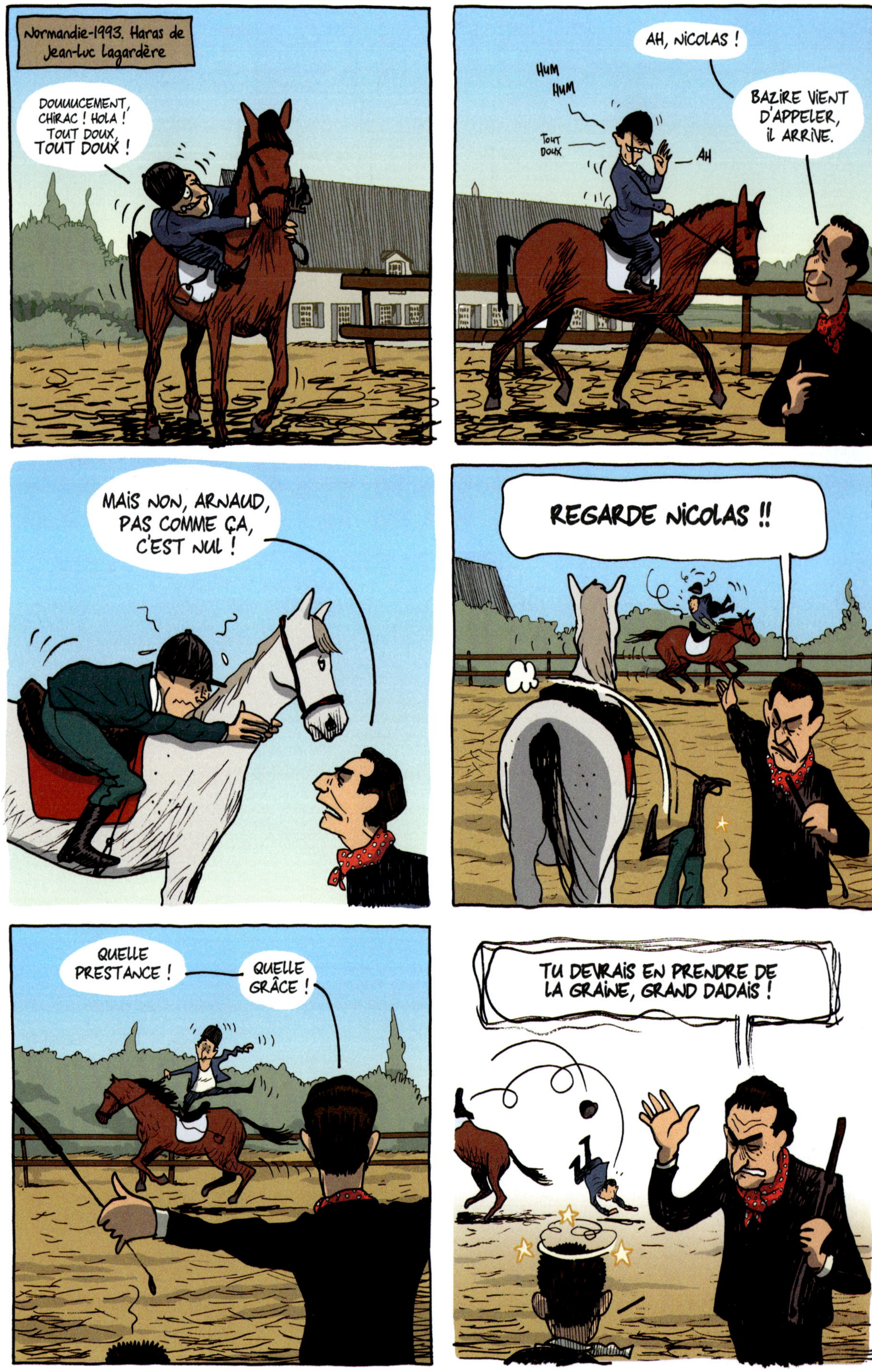
Normandie-1993. Haras de Jean-Luc Lagardère
DOUUUCEMENT, CHIRAC ! HOLA ! TOUT DOUX, TOUT DOUX !
AH, NICOLAS !
HUM HUM
TOUT DOUX
AH
BAZIRE VIENT D'APPELER, IL ARRIVE.
MAIS NON, ARNAUD, PAS COMME ÇA, C'EST NUL !
REGARDE NICOLAS !!
QUELLE PRESTANCE !
QUELLE GRÂCE !
TU DEVRAIS EN PRENDRE DE LA GRAINE, GRAND DADAIS !

Quelques mois plus tard...
...dîner de famille...
...chez Lagardère.
GROUMPF SCHKROUMTCH GROUMPF
TU VOIS, NICOLAS...
JE T'OBSERVE DEPUIS UN BON MOMENT À PRÉSENT...
JE SUIS TRÈS ADMIRATIF DE TON PARCOURS, DE TON ASSURANCE...
MERCHI CHEAN-LUC.
DE TA DÉBROUILLARDISE, DE TON AMBITION !
AUSSI, S'IL M'ARRIVE QUELQUE CHOSE, J'AIMERAIS QUE TU ME PROMETTES QUE TU T'OCCUPERAS D'ARNAUD.
M'ENFIN, PAPA !
QU'EST-CE QUE TU AS ? TU ES MALADE ?
TU VAS PAS ME LAISSER TOUT SEUL, DIS ?
T'INQUIÈTE, MON P'TIT GARS, CHUIS LÀ..
mars 2003

EADS (European Aeronautic Defence and Space company) est un groupe industriel du secteur de l'industrie aéronautique et spatiale, civile et militaire. Il est né en juillet 2000 de la fusion de l'allemand DASA, du français Aéeospatiale –Matra et de l'espagnol CASA. Le groupe est sous le coup d'une enquête pour soupçon de délit dinitiés. Plusieurs cadres d'EADS auraient réalisé d'importantes plus-values en vendant des titres EADS en mars 2006, avant l'annonce officielle de retards de livraison du très gros porteur A380 le 13 juin 2006. Noël Forgeard, dirigeant d'EADS, a été mis en examen le 30 mai 2008.

En 2004, Nicolas Sarkozy, Ministre de L'Économie et des Finances à compter du mois d'avril, se penche sur le dossier fiscal de la succession de Jean-Luc Lagardère, décédé en 2003. Au final, Arnaud Lagardère, ne payera que 10 millions d'euros de droits sur la succession de son père, une somme plutôt légère au regard de l'importance de l'héritage.

24 août 2005 - Aéroport du Bourget,
EUH, TIENS NICOLAS, C'EST CE DONT JE T'AI PARLÉ.
JE SUIS ALLÉ EN RÉCUPÉRER UN EXEMPLAIRE À L'IMPRIMERIE.
MERCI PIERRE.
ÇA SORT DEMAIN.
ET DIRE QUE J'ÉTAIS CENSÉ ÊTRE SON FRÈRE...
PARIS MATCH
CECILIA SARKOZY
TU EN CONNAIS BEAUCOUP DES FRÈRES QUI FERAIENT ÇA ?
M'ENFIN, NICOLAS, J'Y SUIS POUR RIEN. J'ÉTAIS PAS AU COURANT.
TE FOUS PAS DE MA GUEULE !
JE TE JURE. GENESTAR AVAIT PLANQUÉ LA UNE, IL AVAIT IMPOSÉ UN SECRET ABSOLU..
ET BIEN, SI TU DIS VRAI, TU LE VIRES, TU ME DOIS BIEN ÇA, NON ?
OUI NICOLAS, BIEN SÛR NICOLAS...
Quelques mois plus tard.
VIRÉ À CAUSE DE CES SALAUDS DE PAPARAZZIS!
(Alain Genestar)
Bili Biliiip
ALLO?
TU CROYAIS T'EN TIRER COMME ÇA ORDURE ?
ÇA T'APPRENDRA À ME FAIRE DU MAL À MOI ET À MA FAMILLE !

En instance de séparation avec Nicolas Sarkozy, son épouse, Cécilia, a refusé d'aller voter lors du second tour de l'élection présidentielle de mai 2007. Un journaliste du Journal du dimanche avait découvert l'information mais sa direction a censuré la publication de son article. C'est finalement le site Rue 89 qui a éventé l'histoire quelques jours plus tard.

Mars 2010.
MAIS C'EST QUOI ENCORE, CETTE CONNERIE !?
MAIS POURQUOI PARLER DE CETTE RUMEUR CARLA-BENJAMIN BIOLAY SUR LE SITE DU JDD ? C'EST INCROYABLE !
VOUS ÊTES DINGUES...
VIREZ-MOI LE RESPONSABLE, VITE, VITE !
ALLÔ, NICOLAS ? C'EST ARNAUD. TU VOIS, C'EST RÉPARÉ. ET LÀ, JE N'AI PAS ATTENDU.
TWIT TWIT
JE L'AI VIRÉ TOUT DE SUITE, LE SALAUD QUI T'A FAIT ÇA, SUR-LE-CHAMP !
C'EST BIEN, ARNAUD, C'EST BIEN.
TU SAIS, NICOLAS, JE NE SUPPORTERAIS PAS QU'ON TE FASSE DU MAL.
JE SAIS, ARNAUD, JE SAIS...
ET JE SERAI TOUJOURS LÀ POUR TE RENDRE SERVICE !
J'Y COMPTE BIEN, ARNAUD...
J'Y COMPTE BIEN...

RÉPUBLIQUE FRANÇAISE
HONNEUR ET PATRIE

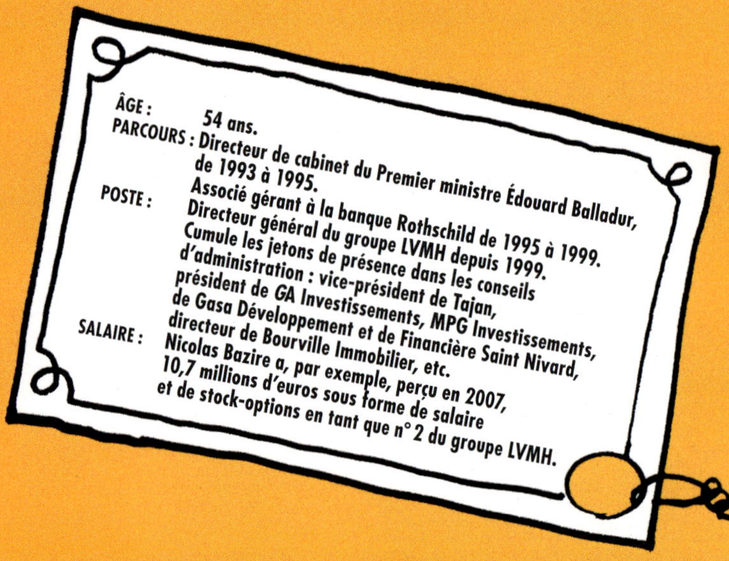

Nicolas Bazire

LE COMPLICE

C'est « l'autre Nicolas », celui des 400 coups de l'équipée balladurienne, celui de ces jeunes années où les deux garnements ont bien cru emmener Tonton Édouard jusqu'au firmament élyséen. Avec ses airs de premier communiant et sa raie sur le côté, le si sage Nicolas Bazire est revenu en Cour avec le troisième mariage de son ami : il fut son témoin lors des épousailles du président avec Carla. Et Sarkozy l'a supplié plus d'une fois de revenir à ses côtés, à l'Élysée, comme secrétaire général. En vain. Bazire a découvert le calme, la volupté et le luxe… depuis qu'il émarge chez LVMH.

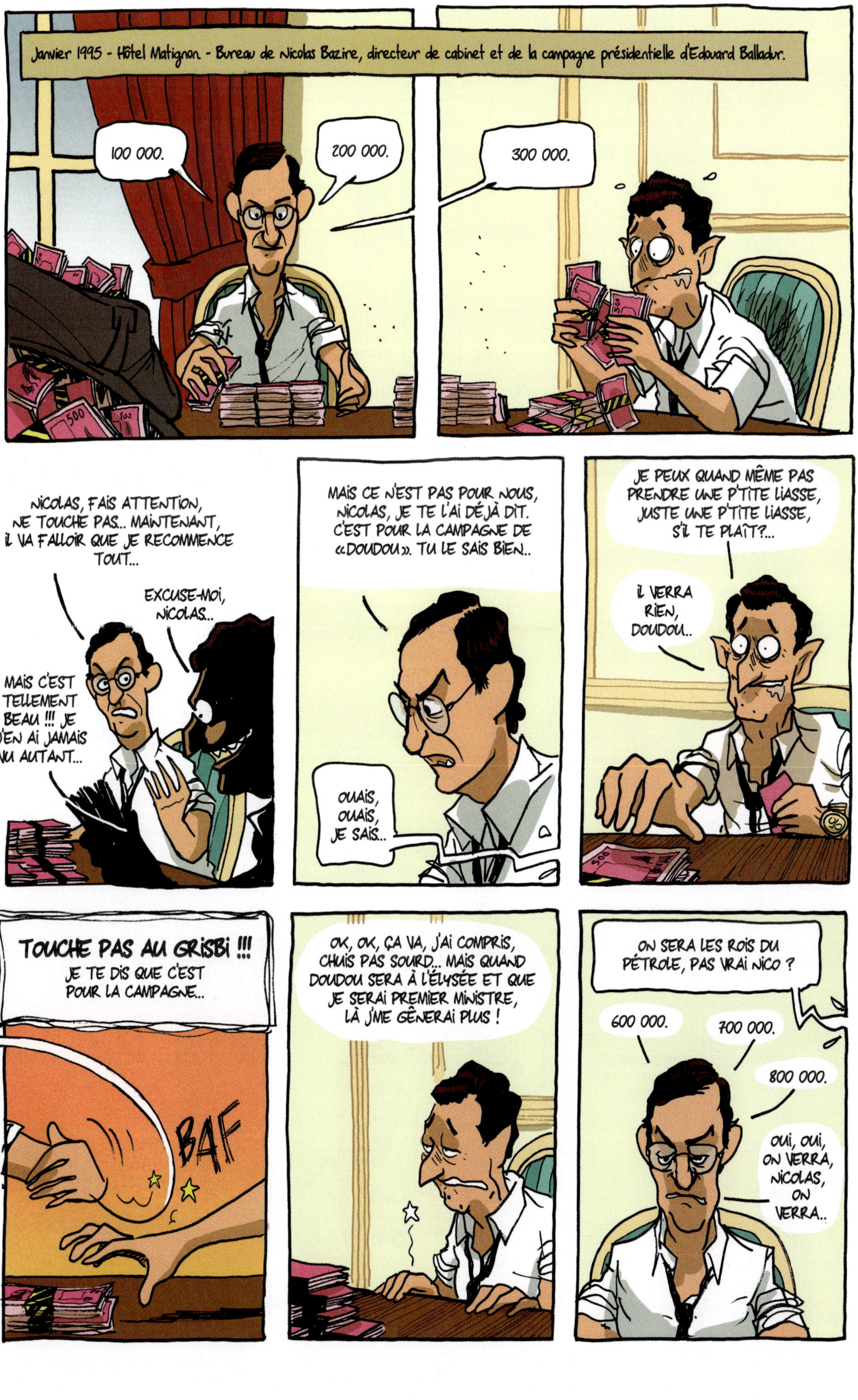

De 1993 à 1995, Nicolas Bazire, directeur de cabinet d'Edouard Balladur, et Nicolas Sarkozy, ministre du Budget et porte-parole du gouvernement, nouent une vraie complicité politique doublée d'une réelle amitié.

Le 8 mai 2002, un attentat-suicide provoque la mort à **Karachi**, au Pakistan, de 14 personnes, dont 11 employés français de la Direction des constructions navales (DCNS). Jusqu'en juin 2009, l'attentat fut attribué à Al-Qaida. Depuis, le juge **Marc Trévidic**, chargé de l'affaire, privilégie l'hypothèse de représailles à l'encontre de la France, organisées avec la complicité d'une partie des services secrets pakistanais. Dans le cadre du contrat de vente des sous-marins Agosta 90B, des commissions ont été versées par la France à certains intermédiaires qui les transféraient ensuite sur les comptes de politiques ou généraux pakistanais. Ces méthodes étaient courantes dans l'industrie de l'armement et autorisées par la loi française jusqu'en 2000. Dans ce contrat, 85 % des commissions ont été versées en 1994. En 1995, le président Chirac aurait ordonné l'arrêt du versement de ces commissions, soupçonnant qu'elles aient donné lieu à des rétro-commissions qui auraient servi à financer la campagne présidentielle d'Edouard Balladur. L'attentat de Karachi aurait été décidé comme mesure de rétorsion à l'arrêt du versement des commissions. Une version démentie en bloc par Nicolas Sarkozy qui la juge « grotesque ».

Associé gérant de la banque Rothschild à partir de 1995, en charge des fusions-acquisitions et membre du conseil de surveillance de la banque, Nicolas Bazire devient directeur général du **Groupe Arnault** *et directeur du développement de* **LVMH** *à partir de 1999.*

Deux semaines plus tard
TU VAS VOIR QU'IL VA ESSAYER DE NOUS EN METTRE PLEIN LA VUE AVEC SON FRIC...
MAIS ENFIN, CHOUCHOU, IL EST SI GENTIL, TON AMI NICOLAS...
GENTIL? TU PARLES ! FRIMEUR, OUI.. IL M'ÉNERVE, QU'EST-CE QU'IL M'ÉNERVE !
CALME-TOI, CHOU-CHOU...
NICOLAS BAZIRE
ÉDOUARD DE ROTHSCHILD
NICOLAS BEYTOUT.
BERNARD ARNAULT
LEURS FEMMES
AH, NICOLAS, CARLA, MES TRÈS CHERS AMIS, SOYEZ LES BIENVENUS !
VOUS CONNAISSEZ TOUT LE MONDE, BIEN SÛR...
NICOLAS, TU ME REMPLACES ?
TU MONTES UN PEU...
TU ES SI SPORTIF...
ON, NON, JE N'EN FERAI RIEN..
J'ME SENS PAS TRÈS BIEN.
LA MIGRAINE...
BON, TANT PIS, ALLEZ, RENTRONS À LA MAISON..

AUX JEUNES MARIÉS !
C'EST POUR VOUS CARLA
C'EST MON CADEAU DE MARIAGE...
OOOOHHHH, C'EST TROP, C'EST TROP...
MEUH NON, POUR LUI, C'EST PAS TROP...
AVEC LE FRIC QU'IL SE GOINFRE IL PEUT SE PERMETTRE !
EN PLUS IL NE LES PAYE MÊME PAS...
MAIS SI JE LES PAYE !
DIS-Y CHÉRIE QUE JE LES PAYE.
OUI OUI
OUI, PEUT-ÊTRE, ENFIN J'SUIS SUR QUE T'AS UNE RISTOURNE...
PEUT-ÊTRE... MAIS CE SONT DES VRAIS NICOLAS, TOUCHE LA QUALITÉ.
MANQUERAIT PLUS QUE CE SOIT DE LA CONTREFAÇON...
SI C'EST DU FAUX, JE TE FAIS COFFRER. C'EST MOI LE ROI DU PÉTROLE, J'FAIS CE QUE JE VEUX !

Au printemps 2010, la rumeur totalement fausse d'une liaison entre le chanteur Benjamin Biolay et Carla Bruni-Sarkozy se répand pendant des semaines dans le Tout-Paris. Elle se double d'une autre, tout aussi calomnieuse, qui prête au président de la République une relation avec Chantal Jouanno. A la demande de Nicolas Sarkozy, certains de ses fidèles, dont le patron de la DCRI, Bernard Squarcini, vont enquêter discrètement pour trouver ceux qui propagent cette rumeur infondée.

La Fondation pour l'innovation politique, ou Fondapol, est un think tank de centre-droit et l'orientation libérale, fondé en avril 2004 avec le soutien de l'UMP. Elle est dirigée par le politologue Dominique Reynié. Son président d'honneur est Jérôme Monod.

La ««règle d'or » est le nom du projet gouvernemental visant à inscrire dans la Constitution des règles prévoyant un retour progressif à l'équilibre budgétaire, sur une durée d'au moins trois ans. Elle nécessite l'adoption d'un projet de loi de réforme constitutionnelle.

RÉPUBLIQUE FRANÇAISE
HONNEUR ET PATRIE

Vincent Bolloré
L'AMI VOYAGISTE

Requin en affaires, l'industriel breton sait être attentif pour combler les désirs de son ami Nicolas Sarkozy. Pour s'assurer la confiance du président qui ne lui était pas acquise, Bolloré a su lui prêter son yacht, Le Paloma, *au lendemain de son élection, son Falcon pour diverses escapades privées, et a reçu en retour plusieurs coups de main appuyés pour faire prospérer ses affaires, en particulier en Afrique. Un échange de bons procédés entre amis, en quelque sorte.*

1999, Paris XVIe arrondissement. Chez Antoine Bernheim.
MAIS NON, ENFIN !
JAMAIS D'ALCOOL !
DU COCA ! ET VITE !
AVEC LES TRUFFES ?
VOUS ÊTES SÛR, NICOLAS ?
OUI, JE SUIS SÛR ! PFFFTTT... ALLEZ ALLEZ, PLUS VITE !
NICOLAS, JE SOUHAITERAIS QUE VOUS VOUS RÉCONCILIIEZ AVEC VINCENT.
ANTOINE, VOUS COMPRENDREZ QUE C'EST DIFFICILE...
AVEC CE QUE CE MONSIEUR A FAIT À MON COPAIN MARTIN ! IL A VOULU LUI PIQUER SA BOÎTE. VOUS VOUS RENDEZ COMPTE ? À MON COPAIN MARTIN ! ET POURQUOI PAS SA FEMME ???
M'ENFIN, NICOLAS...

JE SAIS BIEN, NICOLAS, QUE VINCENT N'EST PAS UN TENDRE. MAIS C'EST LA VIE DES AFFAIRES QUI VEUT ÇA.
ET PUIS VOUS-MÊME, VOUS N'ÊTES PAS NAÏF...
NON, AH, ÇA NON, CHUIS PAS NAÏF...
MAIS QUAND MÊME !
ALLEZ, FAITES UN EFFORT. C'EST NOTRE INTÉRÊT À TOUS QUE VOUS VOUS RÉCONCILIEZ ET QUE VOUS VOUS ENTENDIEZ BIEN.
MOI, JE SUIS VIEUX, BIEN SÛR, JE NE COMPTE PLUS..
MEUH NON, ANTOINE, VOUS N'ÊTES PAS VIEUX..
MAIS VOUS, VOUS ÊTES L'AVENIR, L'AVENIR DE LA POLITIQUE, L'AVENIR DES AFFAIRES. VOUS DEVEZ VOUS ENTENDRE. POUR LE BIEN DE NOS AFFAIRES.
À NOS AFFAIRES, À L'AVENIR !
ET À L'ARGENT !
MAIS PAS UN MOT À MON COPAIN MARTIN, HEIN, IL SERAIT FÂCHÉ APRÈS MOI..

A peine élu, Nicolas Sarkozy se fait inviter au large de Malte sur le Paloma, le yacht de son ami Vincent Bolloré dont les tarifs de location oscillent entre 173 000 € et 193 000 € la semaine. Face à la polémique soulevée par ce séjour, le nouveau président déclare : « Je n'ai pas l'intention de me cacher, je n'ai pas l'intention de mentir, je n'ai pas l'intention de m'excuser. »Vincent Bolloré, lui, dira qu'il a « invité M. Sarkozy et sa famille à titre personnel » et a tenu à préciser que son groupe « ne fait pas partie du CAC 40 et n'a jamais eu aucune relation commerciale avec l'Etat français ».

23 décembre 2007.
Chez Carla Bruni, Villa Montmorency, Paris.
ALLÔ, VINCENT? C'EST NICOLAS. COMMENT ALLEZ-VOUS ?
TRÈS BIEN, ET VOUS, MONSIEUR LE PRÉSIDENT ?
TRÈS BIEN, MERCI VINCENT, VRAIMENT TRÈS, TRÈS, TRÈS, BIEN !!!!
VOUS LE DEVINEZ SANS DOUTE...
OUI, J'AI APPRIS, MONSIEUR LE PRÉSIDENT, MES FÉLICITATIONS. SINCÈREMENT...
MERCI VINCENT, MERCI COMMENT DIT-ON DÉJÀ? JE FILE LE PARFAIT AMOUR, OUI, C'EST ÇA, LE PARFAIT AMOUR...
CARLA EST VRAIMENT UNE FEMME MERVEILLEUSE.
C'EST JUSTEMENT POUR ÇA, OU PLUTÔT POUR ELLE, QUE JE VOUS APPELLE, VINCENT. J'AURAIS UN PETIT SERVICE À VOUS DEMANDER...
OUI, MONSIEUR LE PRÉSIDENT...
EH BIEN VOILÀ, JE SOUHAITERAIS FAIRE UNE PETITE SURPRISE À CARLA
JE VOUDRAIS L'INVITER QUELQUES JOURS EN ÉGYPTE,
À LOUXOR, AVEC SON FILS AURÉLIEN.
ÇA LUI FERAIT TELLEMENT PLAISIR...
JE VOUS COMPRENDS, MONSIEUR LE PRÉSIDENT. AH, L'ÉGYPTE... LES PHARAONS, LE SPHINX, LES PYRAMIDES...
ET L'AVION, VINCENT... L'AVION...
C'EST-À-DIRE ?
OUI, L'AVION, VINCENT.
AURIEZ-VOUS LA BONTÉ DE ME PRÊTER VOTRE FALCON POUR M'Y CONDUIRE ? VOUS COMPRENEZ BIEN QUE JE NE PEUX UTILISER LES AVIONS DE LA RÉPUBLIQUE, CE NE SERAIT PAS CONVENABLE.
ET POURTANT, CE SERAIT TELLEMENT PRATIQUE...
BIEN SÛR, JE COMPRENDS, MONSIEUR LE PRÉSIDENT...

Deux jours plus tard. Aéroport du Bourget.
J'Y CROIS PAS !!!
AH ÇA ! NOUS LES ACCOMPAGNATEURS...
ON N'A PAS LE DROIT AU FALCON 900 DE BOLLORÉ !
IL FAUT QU'ON S'ENTASSE À UNE DIZAINE DANS UN FALCON 50 DE L'ETEC !
ILS AURAIENT PU VENIR AVEC NOUS, NICO ET CARLITA...
CHUUUT
Paris, quelques jours après...
...dans un dîner mondain.
TIENS, VOILÀ "AIR SARKO"...

Alpha Condé est élu président de la République de Guinée en décembre 2010 à la suite du premier scrutin libre depuis l'indépendance. Le groupe Bolloré, via sa filiale Euro RSCG, a pris en charge la campagne électorale d'Alpha Condé. Quelques mois plus tard, c'est aussi l'agence Euro RSCG qui s'est occupée de plusieurs des évènements presse qui ont émaillé la visite officielle en France du président guinéen.

Le 8 mars 2011, le président guinéen Alpha Condé résiliait le contrat de concession du port autonome de Conakry à la société Getma International. Trois jours plus tard, le groupe Bolloré a pris le contrôle du port en vertu d'un nouvel accord signé avec les autorités guinéennes qui lui ont cédé la concession pour une durée de 25 ans. Le président Condé a fait intervenir la police sur le port pour déloger les salariés de Getma. Le groupe Getma poursuit le groupe Bolloré pour « concurrence déloyale ».

AH, CETTE FOIS, C'EST BON !
EN 2008, JE L'AVAIS RATÉ DE PEU, CETTE AFFAIRE-LÀ. VOTRE PRÉDÉCESSEUR M'AVAIT TROMPÉ.
MAIS VOUS, MONSIEUR LE PRÉSIDENT CONDÉ, VOUS ÊTES UN HOMME DE PAROLE. MERCI À VOUS...
ET VIVE LA GUINÉE!
TING
MONSIEUR BOLLORÉ, SOYEZ LE BIENVENU ! VOUS SAVEZ QUE VOUS ÊTES CHEZ VOUS EN AFRIQUE !
ET POUR MON PETIT VOYAGE À PARIS, MON CHER VINCENT, C'EST ARRANGÉ ?
OUI MONSIEUR LE PRÉSIDENT...
J'AI EU NICOLAS, IL VOUS ATTEND...
Et le 22 mars 2011.
VINCENT VOUS SALUE BIEN. IL M'A CHARGÉ DE VOUS TRANSMETTRE SES AMITIÉS, M. LE PRÉSIDENT CONDÉ, MAIS VOUS COMPRENEZ QU'IL NE POUVAIT PAS SE MONTRER À NOS CÔTÉS, CELA AURAIT ÉTÉ UN PEU TROP VOYANT...

Stéphane Richard

LE MODÈLE

Le beau Stéphane a fait fortune en revendant son entreprise juste au bon moment pour empocher un jackpot de… 20 millions d'euros ! Depuis, belle maison, belle voiture et poches pleines, le PDG de France Télécom fait un jaloux, un certain Nicolas S., qui ne peut s'empêcher d'admirer Stéphane le richard. Et qui caresse le secret espoir d'aller « faire du fric », comme son modèle, une fois parti de l'Élysée.

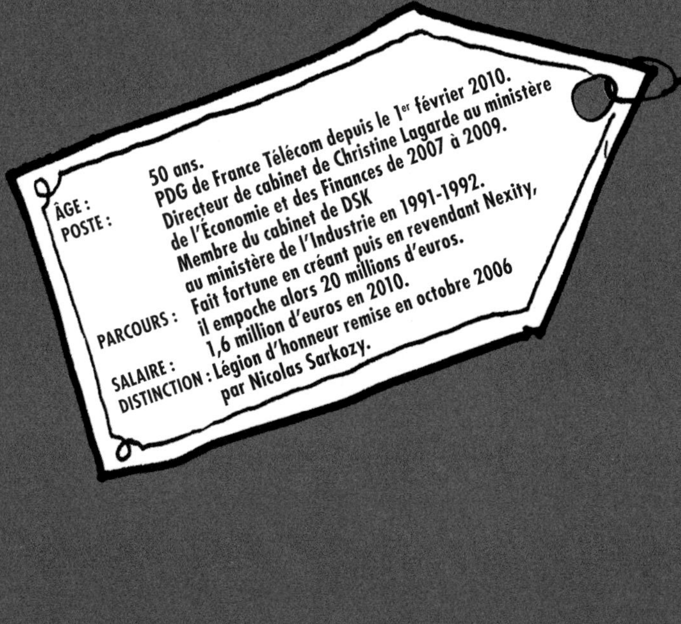

23 octobre 2006 - Place Beauvau
Ministère de l'Intérieur
STÉPHANE...
ÇA FAIT QUINZE ANS QUE JE TE CONNAIS...
ET JE T'ADMIRE.
TU AS DE LA CHANCE, TU ES RICHE, TU AS UNE BELLE MAISON...
TU AS FAIT FORTUNE.
TU ES L'IMAGE DE LA FRANCE QUE J'AIME !
LA FRANCE QUI RÉUSSIT !
TU T'ES FAIT TOUT SEUL ET TU AS RÉUSSI SEUL CONTRE TOUS !
QUI SAIT, STÉPHANE? PEUT-ÊTRE QU'UN JOUR J'Y PARVIENDRAI MOI AUSSI !
PEUT-ÊTRE QU'UN JOUR JE SERAI AUSSI RICHE QUE TOI !

Jeune inspecteur des Finances, **Stéphane Richard** *a intégré le cabinet de Dominique Strauss-Kahn, alors ministre de l'Industrie, en 1991. Agé de 30 ans, Richard était à l'époque l'un de ses conseillers techniques. Il est demeuré ami avec DSK.*

Jean-Pierre Jouyet
A 57 ans, Jean-Pierre Jouyet est président de l'autorité des marchés financiers depuis décembre 2008. Ce grand ami de l'ex-couple François Hollande – Ségolène Royal, et plus spécifiquement du premier, a été ministre d'« ouverture » dans le gouvernement Fillon, au poste de secrétaire d'Etat chargé des Affaires européennes de mai 2007 à décembre 2008.

Dominique Strauss-Kahn
A 62 ans, DSK a été, notamment, ministre de l'Economie et des Finances de mai 1997 à novembre 1999 et Directeur Général du Fonds Monétaire International (FMI) de novembre 2007 à juin 2011.

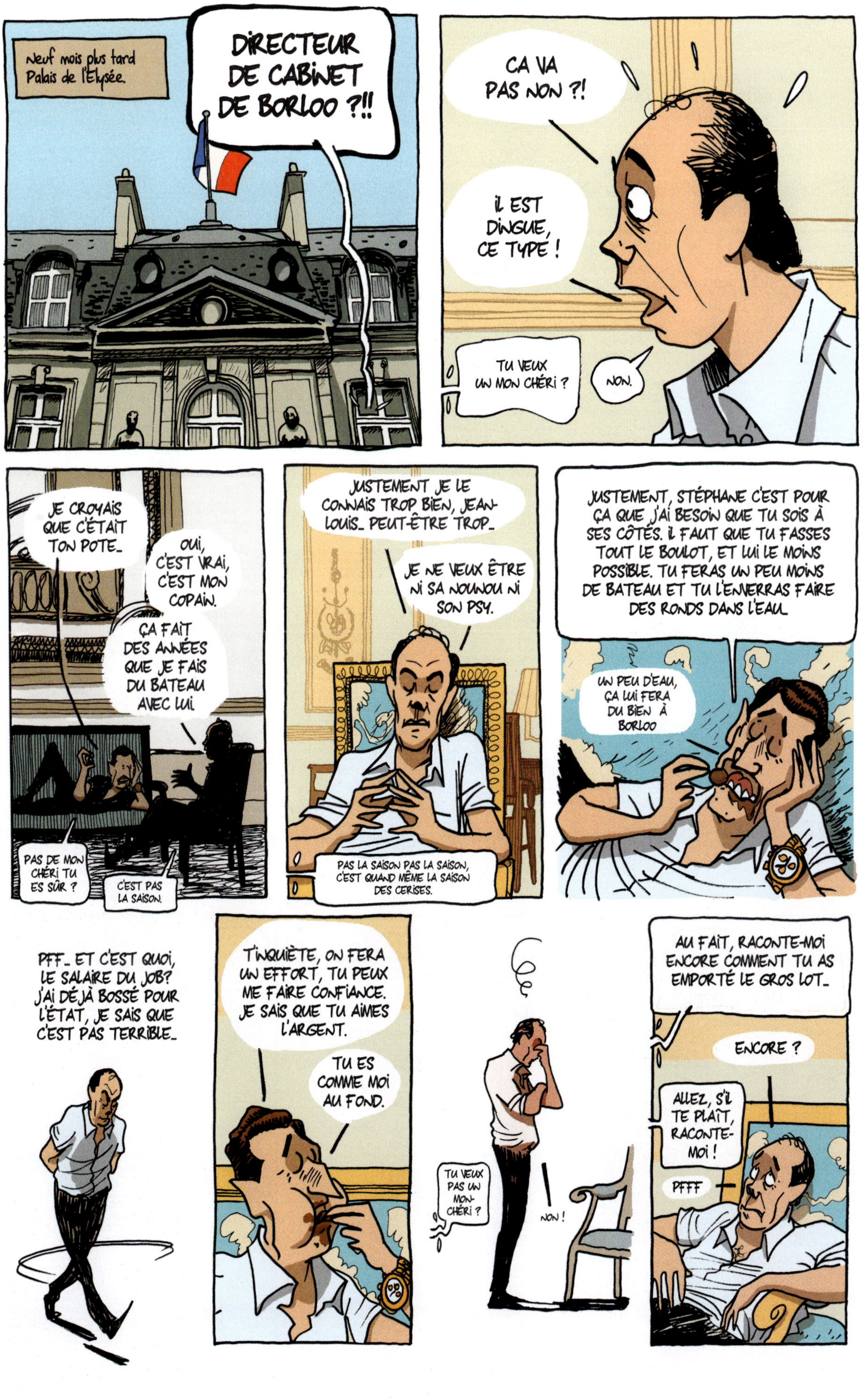

Neuf mois plus tard
Palais de l'Élysée.
DIRECTEUR DE CABINET DE BORLOO ?!!
CA VA PAS NON ?!
IL EST DINGUE, CE TYPE !
TU VEUX UN MON CHÉRI ?
NON.
JE CROYAIS QUE C'ÉTAIT TON POTE…
OUI, C'EST VRAI, C'EST MON COPAIN.
ÇA FAIT DES ANNÉES QUE JE FAIS DU BATEAU AVEC LUI
PAS DE MON CHÉRI TU ES SÛR ?
C'EST PAS LA SAISON.
JUSTEMENT JE LE CONNAIS TROP BIEN, JEAN-LOUIS… PEUT-ÊTRE TROP…
JE NE VEUX ÊTRE NI SA NOUNOU NI SON PSY.
PAS LA SAISON PAS LA SAISON, C'EST QUAND MÊME LA SAISON DES CERISES.
JUSTEMENT, STÉPHANE C'EST POUR ÇA QUE J'AI BESOIN QUE TU SOIS À SES CÔTÉS. IL FAUT QUE TU FASSES TOUT LE BOULOT, ET LUI LE MOINS POSSIBLE. TU FERAS UN PEU MOINS DE BATEAU ET TU L'ENVERRAS FAIRE DES RONDS DANS L'EAU…
UN PEU D'EAU, ÇA LUI FERA DU BIEN À BORLOO
PFF… ET C'EST QUOI, LE SALAIRE DU JOB? J'AI DÉJÀ BOSSÉ POUR L'ÉTAT, JE SAIS QUE C'EST PAS TERRIBLE…
T'INQUIÈTE, ON FERA UN EFFORT, TU PEUX ME FAIRE CONFIANCE. JE SAIS QUE TU AIMES L'ARGENT.
TU ES COMME MOI AU FOND.
TU VEUX PAS UN MON-CHÉRI ?
NON !
AU FAIT, RACONTE-MOI ENCORE COMMENT TU AS EMPORTÉ LE GROS LOT…
ENCORE ?
ALLEZ, S'IL TE PLAÎT, RACONTE-MOI !
PFFF

Stéphane Richard a revendu, dans le cadre d'un LBO, ses parts dans Nexity en 2003. Son investissement initial de 600 000 euros lui rapporte 20 millions d'euros !

Veolia Environnement, *ex-Générale des Eaux puis Vivendi Environnement, est une multinationale française, leader mondial des services à l'environnement, spécialisée dans différents domaines auparavant gérés par des services publics : eau, déchets, énergie et transport. Elle emploie plus de 300 000 salariés dans 74 pays.*

Stéphane Richard s'acquitte d'un redressement fiscal de 660 000 € le 12 octobre 2007. Il s'agit d'«un arriéré d'impôt au titre de l'année 2002, les majorations usuelles ainsi qu'une pénalité de mauvaise foi d'un montant de 5 % ». Selon l'administration des impôts, Il avait placé «dans des plans d'épargne en actions (PEA), bénéficiant d'une fiscalité très allégée, près de 900 000 € qui auraient dû être assimilés à des revenus, assujettis à une fiscalité beaucoup plus lourde ». Un « compromis » a été trouvé le 15 mai 2007 entre l'administration fiscale et Stéphane Richard, soit… une semaine avant sa nomination à Bercy comme directeur de cabinet !

Stéphane Richard est nommé PDG de France Télécom, à la place de Didier Lombard, le 1er février 2010.

RÉPUBLIQUE FRANCAISE
HONNEUR ET PATRIE

Bernard Arnault

L'AMI QUI SCINTILLE

Empereur du luxe, le PDG de Louis Vuitton a toujours eu du flair pour les valeurs montantes. Il a misé dès les années 1980 sur le petit Nicolas de Neuilly et fut son témoin lors de son mariage avec Cécilia. Les deux couples s'appréciaient, partaient en week-end ensemble, et Bernard Arnault s'est retrouvé tout naturellement à la fête du Fouquet's, *au soir du triomphe, le 6 mai 2007. Depuis, le président l'a élevé au rang de grand officier de la Légion d'honneur. Les petits cadeaux entretiennent l'amitié.*

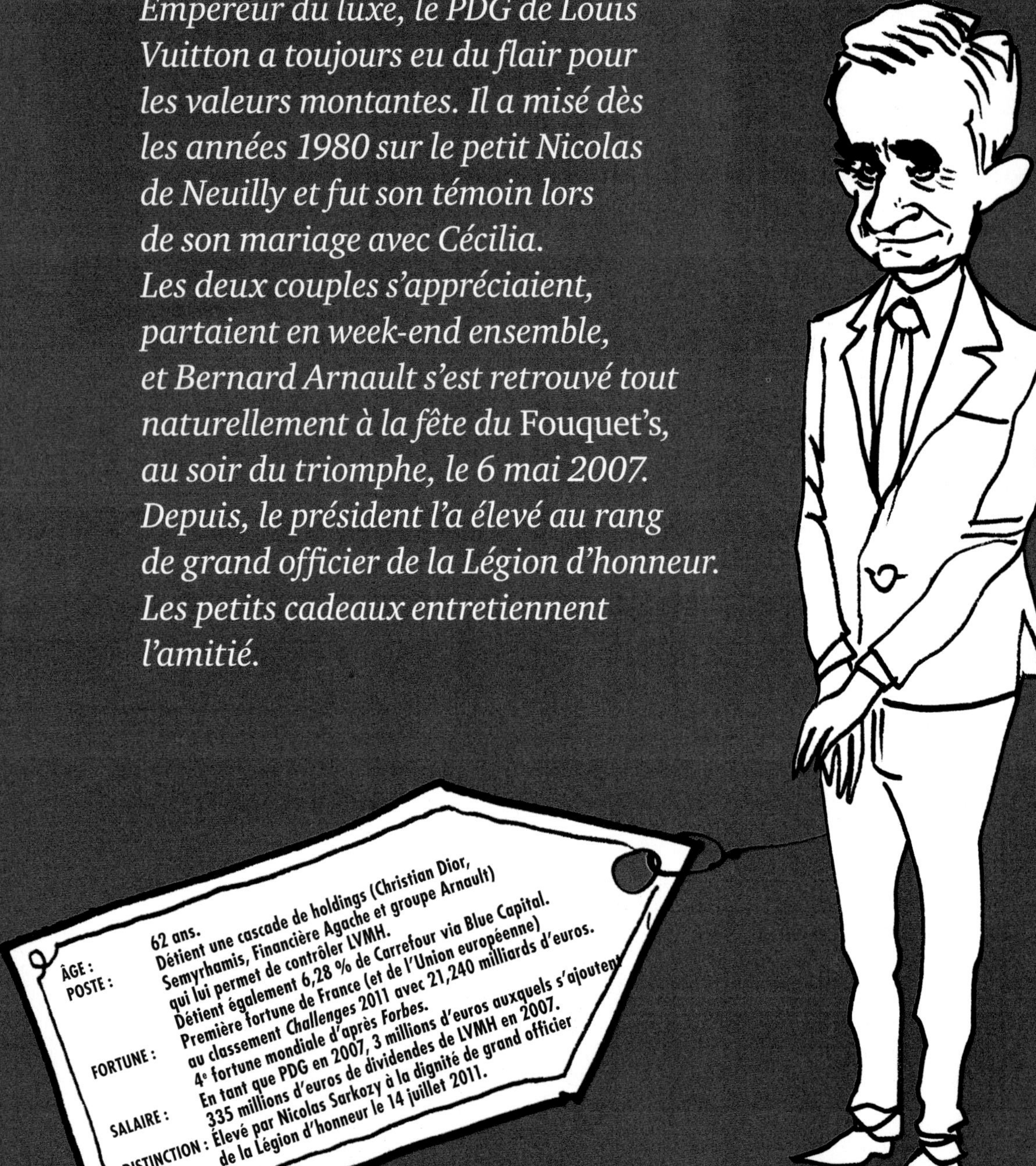

En novembre 1995, Alain Juppé, alors premier ministre, présente devant l'Assemblée un vaste plan de réforme de la Sécurité sociale qui supprime au passage les régimes spéciaux de retraite à la SNCF. Un gigantesque mouvement de grèves et de manifestations paralyse tout le pays pendant des semaines jusqu'à Noël. Juppé, qui bat des records l'impopularité, recule et retire sa réforme.

En août 1995, Jacques Chirac, à peine élu, ordonne la reprise des essais nucléaires, suspendus par François Mitterrand, sur l'atoll polynésien de Mururoa. Une décision qui coïncide avec le 50e anniversaire d'Hiroshima et Nagasaki ! L'Australie et la plupart des pays de l'Océanie font part de leur mécontentement et boycottent les importations de produits français.

NICOLAS SARKOZY ! C'EST LE MEILLEUR !
AH ÇA OUI, SARKOZY À MATIGNON, CE SERAIT UNE TRÈS BONNE IDÉE. ALAIN JUPPÉ EST UN HOMME HONNÊTE QUI FAIT CE QU'IL PEUT.
!
Jean-Marc VERNES
ET C'EST PEUT-ÊTRE INJUSTE, MAIS LES FRANÇAIS NE L'ENTENDENT PLUS...
MAIS C'EST UN COMPLOT? VOUS VOUS ÊTES PASSÉ LE MOT, MA PAROLE ? MESSIEURS, SACHEZ QUE J'APPRÉCIAIS VOS CONSEILS EN MATIÈRE DE BUSINESS. POUR LE RESTE, LAISSEZ-MOI FAIRE ! CHACUN À SA PLACE ! LA POLITIQUE EST UNE AFFAIRE TROP SÉRIEUSE POUR DES PATRONS !
LES PATRONS N'Y ONT JAMAIS RIEN COMPRIS, C'EST CONNU !
SARKOZY À MATIGNON...
PFFFF !
ET POURQUOI PAS CARRÉMENT BRUTUS ?
AVEC VILLEPIN COMME SECRÉTAIRE GÉNÉRAL DE L'ELYSÉE, VOUS AVEZ DÉJÀ NÉRON.
BERNADETTE, ÇA SUFFIT MAINTENANT ! ALLEZ COMPTER VOS PIÈCES JAUNES !
J'AI RAISON.
JE SAIS QUE J'AI RAISON...
Grande convention des cadres de LVMH.
LES AFFAIRES, C'EST COMME LA VIE, C'EST UNE BATAILLE PERMANENTE ! IL FAUT SE BATTRE POUR GAGNER: ET EN FAISANT GAGNER LE LUXE, VOUS FAITES GAGNER LA FRANCE, PARTOUT DANS LE MONDE !
MERCI NICOLAS ! NICOLAS EST MON AMI NOUS PARTAGEONS LES MÊMES IDÉES SUR LE TRAVAIL ! IL A UNE LONGUE ET BELLE CARRIÈRE DEVANT LUI ET JE VOUS INVITE À L'AIDER!
LVMH
DÉSOLÉ, NICOLAS, J'AI VU CHIRAC, IL NE VEUT RIEN ENTENDRE...
LVMH

Printemps 2003...
...défilé Dior.
DIS, NICOLAS, TOI QU'ES LE BOSS MAINTENANT, TU PEUX PAS M'EMMENER EN COULISSES QUE J'EN RENCONTRE QUELQUES-UNES ?
Dior
VIENS !
B'JOUR M'DAME !
OH, VOUS ÊTES GRANDE, MAD'MOISELLE !
MOI, J'SUIS MINISTRE DE L'INTÉRIEUR, M'DAME !

Septembre 2005 - Cathédrale Saint-Jean-Baptiste de Bazas (Gironde).
Mariage de Delphine Arnault, 30 ans, fille aînée de Bernard Arnault.
Tout le gotha de la politique et des affaires est là : Bernadette Chirac, les ministres Thierry Breton, Jean-François Copé et Renaud Dutreil, mais aussi Hubert Védrine, l'infante Elena d'Espagne et son époux don Jaime de Marichalar, les princesses Maria-Pia et Marie-Gabrielle de Savoie...
... le diadoque Pavlos de Grèce, le prince Charles de Bourbon-Sicile, ou encore Claude Bébéar, Jean-René Fourtou, Michel Pébereau, Ernest-Antoine Seillière, Henri Lachmann, Serge Dassault, le baron Albert Frère, quelques stars comme Liz Hurley, Eva Herzigova, Marisa Berenson, et les créateurs de mode Hedi Slimane, Marc Jacobs et Karl Lagerfeld...
Le soir, dîner au château d'Yquem
LE CAC VA TRÈS FORT !
J'AI TOUT MIS EN SUISSE...
MOI, J'INVESTIS EN ASIE...
Y A TROP DE CHARGES !
TROP D'IMPÔTS
COMMENT VA JACQUES ?
IL SE REMET DE SON AVC ?
OUI, IL VA MIEUX.
IL VA FALLOIR QUE VOUS PATIENTIEZ, NICOLAS
EN FAIT, BERNADETTE...
NOUS SOMMES LES SEULS CÉLIBATAIRES DU DÎNER.
NOUS AVONS ÉTÉ ABANDONNÉS PAR NOS MOITIÉS...
SAUF QUE VOUS, VOUS N'ÊTES PAS COCUE...
ENCORE QUE...

Au début de l'année 2006, **Villepin**, *alors Premier ministre, invente le contrat-première embauche* (**CPE**), *un contrat de travail au rabais pour les jeunes arrivants sur le marché du travail. Après des semaines de manifestations massives de jeunes, le projet ne verra jamais le jour. Cet échec cinglant sonne le glas des ambitions présidentielles de Villepin.*

Ancien magistrat, **Patrick Ouart** *fut conseiller pour la justice d'Edouard Balladur de 1993 à 1995 avant de rejoindre le groupe LVMH. Nicolas Sarkozy le choisit comme conseiller pour les affaires juridiques en 2007. Ouart reste deux ans à l'Elysée avant de retourner dans le groupe LVMH.*

En 2007, après des semaines de conflit, **Bernard Arnault** *finit par racheter le quotidien économique* **les Echos**. *La rédaction redoute son interventionnisme déjà éprouvé à la Tribune, le journal qu'il possédait jusque-là. Aux Echos, les journalistes ont négocié une charte d'indépendance. De bonnes résolutions plusieurs fois violées par Arnault : divers papiers concernant le groupe Carrefour, dont Arnault est actionnaire ou le groupe LVMH ont été caviardés depuis lors.*

Journaliste économique, **Nicolas Beytout** *a été directeur de la rédaction des Echos puis directeur de la rédaction du Figaro. En 2007, il devient PDG du groupe Les Echos, une promotion chaudement encouragée par Nicolas Sarkozy dont il est un fidèle. Il est écarté en septembre 2011, mais reste éditorialiste.*

RÉPUBLIQUE FRANÇAISE
HONNEUR ET PATRIE

Alain Minc

L'AMI CONSEILLEUR

Il est l'incontournable du CAC 40, l'ami du patronat, le « visiteur du soir », celui qui s'en vient à l'Élysée distiller ses conseils précieux, et lucratifs, à ce Prince qu'il connaît depuis si longtemps. Minc est une agence de placement à lui tout seul : il a de l'entregent, couve la promotion des ambitieux, inspire la sanction des incontrôlables. Il sait tout, dit tout, et se trompe tout le temps, ou presque. De la fondation Saint-Simon aux dîners du Siècle*, l'homme de la « pensée unique » attise la rumeur publique dans le tout-Paris. Toujours au service des puissants. Aux yeux de Nicolas Sarkozy, Alain Minc a un autre grand avantage : c'est son seul ami qui soit (vraiment) plus petit que lui !*

Un soir de novembre 2006, chez Alain Minc.
Maurice Lévy, PDG du groupe Publicis
François Pinault
Vincent Bolloré
Michel Pébereau, directeur général de BNP Paribas
Claude Bébéar, fondateur d'AXA
Henri Proglio
MES AMIS, MES AMIS,
JE VOUDRAIS PORTER UN TOAST!
TING TING
À NICOLAS !
QUI DOIT ÊTRE LE PRÉSIDENT DES FRANÇAIS DANS QUELQUES MOIS ! ET QUE NOUS DEVONS TOUS AIDER DE TOUTES NOS FORCES.
ET DE TOUS NOS MOYENS… À ÊTRE ÉLU.
MON CHER ÉDOUARD, LES FRANÇAIS ONT COMMIS UNE ERREUR HISTORIQUE EN NE VOUS ÉLISANT PAS IL Y A DOUZE ANS.
LE PAYS A PERDU DU TEMPS PAR LA FAUTE DE CET INCAPABLE DE CHIRAC. LA FRANCE EST ENTRÉE À RECULONS DANS LE XXIE SIÈCLE. NICOLAS VOUS VENGERA, NICOLAS NOUS VENGERA TOUS !
QUELLE IMPOLITESSE… IL POURRAIT QUAND MÊME ATTENDRE DE SAVOIR SI JACQUES NE VA PAS SE REPRÉSENTER…
SURTOUT, NICOLAS, PROTÈGE-NOUS DE L'AUTRE GOURDE ! SAUVE-NOUS DES ÉLUCUBRATIONS DE LA JEANNE D'ARC DU POITOU-CHARENTES !!!
AAAH AHAH
T'INQUIÈTE PAS, ALAIN, JE VAIS VOUS DÉBARRASSER DE L'AUTRE FOLLE !
FAIS-MOI CONFIANCE.

Palais de l'Élysée - mai 2007.
J'Y ARRIVE PAS.
J'Y ARRIVE PAS.
ET PUIS À LA JUSTICE, QUI JE METS À LA JUSTICE?
RACHIDA DATI ?
RACHIDA ?
ENFIN, ALAIN, GUÉANT VOUDRA JAMAIS, ET PUIS ELLE Y CONNAÎT RIEN !
ET ALORS ? QU'EST-CE QUE ÇA CHANGE ? ON S'EN FICHE DE GUÉANT ! ET DEPUIS QUAND LES MINISTRES DOIVENT-ILS ÊTRE COMPÉTENTS ? ET POURQUOI PAS NOMMER UN SECRÉTAIRE GÉNÉRAL DE L'ÉLYSÉE EFFICACE PENDANT QU'ON Y EST?
BON, J'AVAIS PROMIS LE POSTE À DEVEDJIAN. D'AILLEURS, IL N'ARRÊTE PAS D'APPELER..
IL COMMENCE À ME GONFLER ! APRÈS TOUT CE QUE J'AI FAIT POUR LUI...
VRRRTVRRRT
RACHIDA, C'EST UN SUPER-COUP...
AH BON ?
UN SUPER-COUP POLITIQUE, BIEN SÛR !
TU IMAGINES, UNE BEURETTE NOMMÉE MINISTRE DE LA JUSTICE. NON, MAIS TU VOIS LE SYMBOLE? CE QUE LA GAUCHE N'A JAMAIS OSÉ FAIRE, TOI TU SERAIS LE PREMIER À LE RÉUSSIR.
TU VOIS LA UNE DES JOURNAUX ?
PAS BÊTE...
ET PUIS CÉCILIA SERAIT TELLEMENT CONTENTE ! C'EST SA GRANDE AMIE, TU LE SAIS BIEN. ELLE AIME TELLEMENT RACHIDA !
BANCO !
C'EST VENDU !
AH !
PUISQUE JE VOIS QUE M. LE PRÉSIDENT N'A PAS BESOIN DE MOI, JE LE LAISSE AVEC SON CONSEILLER DE L'OMBRE...
AH, CLAUDE ! OUI, C'EST ÇA, REPASSEZ DANS UNE HEURE, JE VOUS DONNERAI LA COMPOSITION DU GOUVERNEMENT.
VLAM!!
QUEL CUL SERRÉ, CE GUÉANT !
OH PUTAIN ! J'VAIS PAS ME MARRER TOUS LES JOURS !
T'INQUIÈTE PAS, NICOLAS.
JE PASSERAI TE VOIR LE SOIR.. ÇA TE DÉTENDRA..

Décembre 2007. Palais de l'Élysée
MARTIN A RAISON, NICOLAS, PLUS DE PUBLICITÉ SUR LES CHAÎNES PUBLIQUES, ÇA AURAIT DE LA GUEULE...
GGGGRRRRR..
ENCORE LÀ, CELUI-LÀ ? TOUJOURS DANS MES PATTES !
TU DOIS CONTINUER À JOUER À CONTRE-EMPLOI POURQUOI PAS SUR LA TÉLÉVISION ? FRANÇOIS MITTERRAND L'AVAIT PRIVATISÉE, TU PEUX ÊTRE CELUI QUI VA LA NATIONALISER
ENFIN, SUPPRIMER LA PUBLICITÉ, QUOI..
C'ÉTAIT LE PROJET DE LA GAUCHE. ELLE N'A PAS EU LES COUILLES DE LE FAIRE !
C'EST GONFLÉ QUAND MÊME...
JUSTEMENT, TU ES GONFLÉ, NON ?
M'ENFIN, M. LE PRÉSIDENT, VOUS N'Y PENSEZ PAS ? ET COMMENT COMPENSER LES PERTES DE RETR
DE FRANCE TÉ
OK, ON LE FAIT !
BON, EH BIEN, PUISQUE JE VOIS QUE M. LE PRÉSIDENT N'A PLUS BESOIN DE MOI..
VLAM !!
KHKHKHKH
PFOUAAA
HUHUHU

Conférence de presse du 8 janvier 2008.
EN 2008, LA POLITIQUE DE CIVILISATION S'EXPRIMERA DANS LA RÉNOVATION DE L'AUDIOVISUEL PUBLIC.
JE PROPOSE QUE NOUS ACCOMPLISSIONS UNE VÉRITABLE RÉVOLUTION CULTURELLE DANS LE SERVICE PUBLIC DE LA TÉLÉVISION.
JE SOUHAITE QUE LE CAHIER DES CHARGES DE LA TÉLÉVISION PUBLIQUE SOIT REVU ET QUE L'ON RÉFLÉCHISSE À LA SUPPRESSION TOTALE DE LA PUBLICITÉ SUR LES CHAÎNES PUBLIQUES.
12 janvier 2008, les syndicats de France Télévisions sont reçus à l'Élysée.
Georges-Marc BENAMOU conseiller pour la culture et la communication de Nicolas Sarkozy.
Raymond SOUBIE, chargé des questions sociales.
François PÉROL Secrétaire général adjoint de l'Élysée
BON, BEN C'EST PAS TOUT ÇA MAIS MAINTENANT QUE LE PRÉSIDENT L'A ANNONCÉ, COMMENT VOUS ALLEZ REMPLACER LES SOUS DE LA PUB POUR FAIRE LES PROGRAMMES...
BEN, J'SAIS PAS MOI...
FAUDRAIT P'TÊT DEMANDER À MINC ?

Après avoir succédé à Jean-Pierre Elkabbach à la tête d'Europe 1 à partir de juin 2008, Alexandre Bompard est pressenti comme futur PDG de France Télévisions au printemps 2010. Alain Minc le soutient un peu trop fortement et le poste échoit à Rémy Pflimlin en juin 2010. Bompard, lui, devient PDG du groupe Fnac le 23 novembre 2010.

Annoncée le 25 janvier 2011, la nomination de Nicolas Demorand à la tête de Libération a pris effet le 1^{er}r mars 2011.

Le conflit entre Bernard Arnault et François Pinault a débuté le 19 mars 1999. Ce jour-là, Pinault a annoncé son entrée fracassante dans le luxe, chasse gardée du premier, en enlevant la majorité du capital du maroquinier italien Gucci à Bernard Arnault. Pinault rachète dans la foulée Yves Saint Laurent. Depuis, la rivalité entre les deux hommes n'a cessé de s'accroître, Pinault étant par ailleurs l'un des intimes de Jacques Chirac alors qu'Arnault roule pour Nicolas Sarkozy. Quand Arnault rachète Les Échos en 2007, une centaine de personnalités signent une pétition contre ce projet, parmi lesquelles François-Henri Pinault, fils de François, devenu président de PPR, Patricia Barbizet, directrice générale d'Artemis, le holding familial, Denis Olivennes, alors patron de la Fnac, filiale de PPR, ou Serge Weinberg, ancien président du groupe. La famille Pinault, elle, est propriétaire du Point.

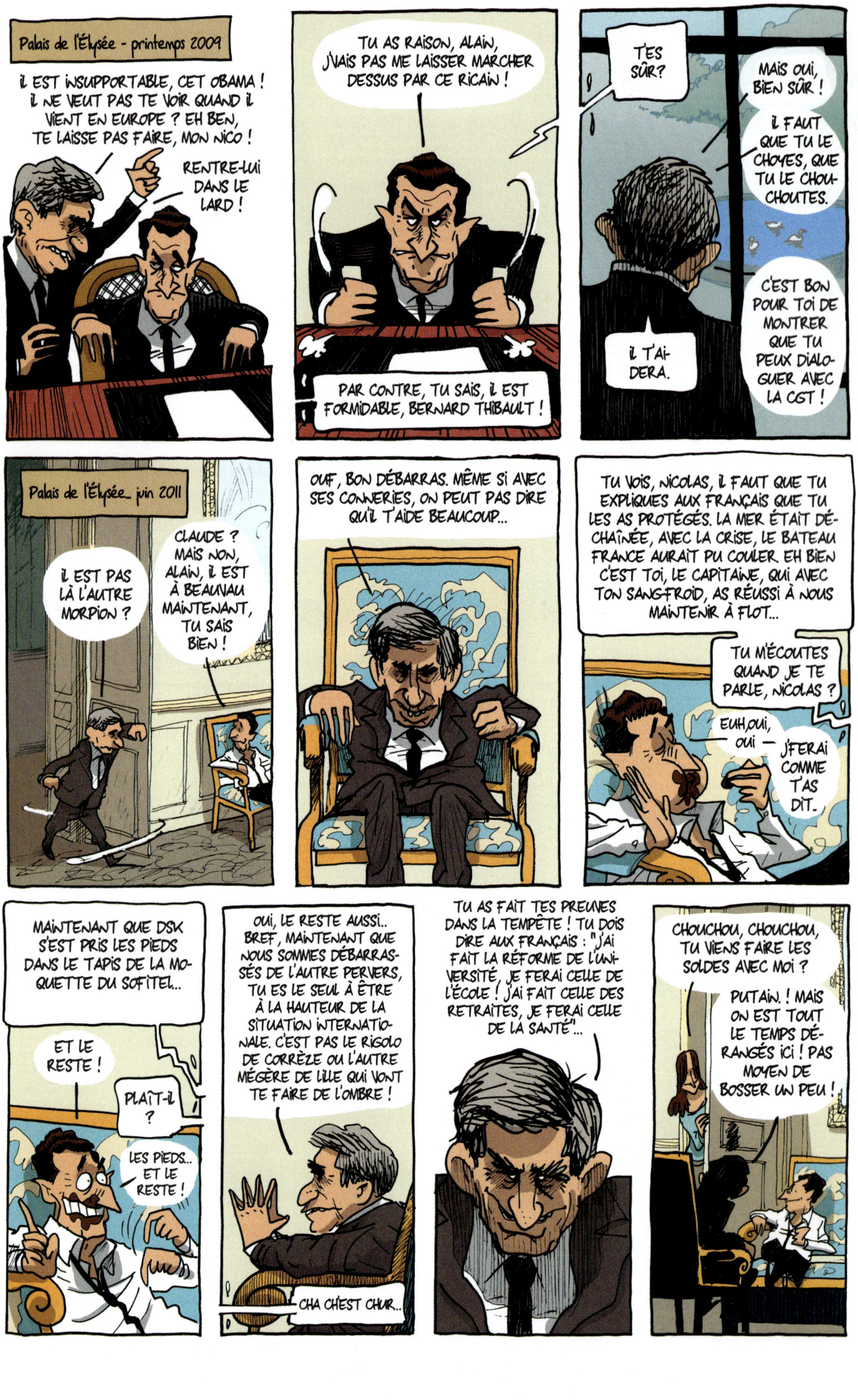

Palais de l'Élysée - printemps 2009
IL EST INSUPPORTABLE, CET OBAMA ! IL NE VEUT PAS TE VOIR QUAND IL VIENT EN EUROPE ? EH BEN, TE LAISSE PAS FAIRE, MON NICO !
RENTRE-LUI DANS LE LARD !
TU AS RAISON, ALAIN, J'VAIS PAS ME LAISSER MARCHER DESSUS PAR CE RICAIN !
PAR CONTRE, TU SAIS, IL EST FORMIDABLE, BERNARD THIBAULT !
T'ES SÛR ?
MAIS OUI, BIEN SÛR !
IL FAUT QUE TU LE CHOYES, QUE TU LE CHOUCHOUTES.
C'EST BON POUR TOI DE MONTRER QUE TU PEUX DIALOGUER AVEC LA CGT !
IL T'AIDERA.
Palais de l'Élysée, juin 2011
IL EST PAS LÀ L'AUTRE MORPION ?
CLAUDE ? MAIS NON, ALAIN, IL EST À BEAUVAU MAINTENANT, TU SAIS BIEN !
OUF, BON DÉBARRAS. MÊME SI AVEC SES CONNERIES, ON PEUT PAS DIRE QU'IL T'AIDE BEAUCOUP...
TU VOIS, NICOLAS, IL FAUT QUE TU EXPLIQUES AUX FRANÇAIS QUE TU LES AS PROTÉGÉS. LA MER ÉTAIT DÉCHAÎNÉE, AVEC LA CRISE, LE BATEAU FRANCE AURAIT PU COULER. EH BIEN C'EST TOI, LE CAPITAINE, QUI AVEC TON SANG-FROID, AS RÉUSSI À NOUS MAINTENIR À FLOT...
TU M'ÉCOUTES QUAND JE TE PARLE, NICOLAS ?
EUH, OUI, OUI
J'FERAI COMME T'AS DIT.
MAINTENANT QUE DSK S'EST PRIS LES PIEDS DANS LE TAPIS DE LA MOQUETTE DU SOFITEL...
ET LE RESTE !
PLAÎT-IL ?
LES PIEDS... ET LE RESTE !
OUI, LE RESTE AUSSI... BREF, MAINTENANT QUE NOUS SOMMES DÉBARRASSÉS DE L'AUTRE PERVERS, TU ES LE SEUL À ÊTRE À LA HAUTEUR DE LA SITUATION INTERNATIONALE. C'EST PAS LE RIGOLO DE CORRÈZE OU L'AUTRE MÉGÈRE DE LILLE QUI VONT TE FAIRE DE L'OMBRE !
CHA CH'EST CHUR...
TU AS FAIT TES PREUVES DANS LA TEMPÊTE ! TU DOIS DIRE AUX FRANÇAIS : "J'AI FAIT LA RÉFORME DE L'UNIVERSITÉ, JE FERAI CELLE DE L'ÉCOLE ! J'AI FAIT CELLE DES RETRAITES, JE FERAI CELLE DE LA SANTÉ"...
CHOUCHOU, CHOUCHOU, TU VIENS FAIRE LES SOLDES AVEC MOI ?
PUTAIN ! MAIS ON EST TOUT LE TEMPS DÉRANGÉS ICI ! PAS MOYEN DE BOSSER UN PEU !

Fin août 2010 - Paris
Boulevard du Montparnasse
Martine Aubry fête ses 60 ans.
Jacques DELORS
Michel ROCARD
Lionel JOSPIN
Claude BARTOLONE
Jean-Christophe CAMBADÉLIS
Harlem DÉSIR
Elisabeth GUIGOU
Marylise LE-BRANCHU
BLABLA BLABLA BLA
JE LÈVE MON VERRE À MARTINE !
BLABLA BLABLA BLA
BLA BLA
BLA BLA
BLABLA BLABLA BLA
BLABLABLA BLABLABLA BLA
MA CHÈRE ET TENDRE AMIE MARTINE.
BLABLABLA BLABLABLA BLA
BLA BLABLA BLA
BLA
BLA BLA
QUE JE CONNAIS DEPUIS 42 ANS...
BLA
BLA BLA
JE LUI SOUHAITE PLEIN DE BONHEUR ET DE SUCCÈS...

Bernard Tapie
L'AMI GRANDE GUEULE

« Nanard » le terrible ! « Nanard » l'incorrigible !
Le président admire ce fort en gueule revenu de tout, et même de prison. Nicolas Sarkozy a observé, fasciné, l'ascension puis la chute de ce héros des eigthies. *De l'argent, du bagout, de la gloire, Tapie, inventeur du bling-bling avant l'heure, avait tout pour plaire au maire de Neuilly. En 2007, l'ex-patron de l'OM a pris haut et fort parti pour son « copain Nicolas ». Deux ans plus tard, il a reçu des centaines de millions d'euros de l'État pour solde de tout compte dans l'affaire du Lyonnais. Un miracle ?*

Inventeur du slogan « La force tranquille » du candidat Mitterrand en 1981, le publicitaire Jacques Séguéla, domicilié à Neuilly-sur-Seine, sympathise avec le jeune maire Nicolas Sarkozy dès son élection. Il est resté l'un de ses amis et l'a soutenu au second tour de la présidentielle de 2007.

Bernard Tapie a rencontré une première fois François Mitterrand à l'Élysée dans le courant de l'année 1983. C'est Jacques Séguéla qui avait servi d'intermédiaire.

Bernard Tapie, comme beaucoup d'autres chefs d'entreprise au début des années 80, a domicilié le siège social de nombre de ses sociétés à Neuilly. Et n'a pas manqué de faire remarquer au maire, Nicolas Sarkozy, qu'il y avait là des ressources abondantes pour la commune grâce à la taxe professionnelle…

André Guelfi, né en 1919, est un homme d'affaires qui a été condamné dans l'affaire Elf par la cour d'appel de Paris en 2003, pour recel d'abus de biens sociaux, à trois ans de prison dont 18 mois avec sursis et 1,5 million d'euros d'amende. Il a glané son surnom de « Dédé la Sardine » en faisant initialement fortune grâce à la mise au point des premiers bateaux-usines pour la pêche à la sardine à la fin des années 30.

Bernard Tapie a fait appel en 1993 au Crédit lyonnais pour revendre la société Adidas. Il accuse la banque d'avoir sous-vendu sa société et de s'être fait une plus-value de 400 millions d'euros dans son dos. Il entame des poursuites judiciaires qui vont durer quinze ans.

Automne 2006 - Place Beauvau.
SÉGOLÈNE, LA FOLLE !
C'EST PAS SÉRIEUX..
TOTALEMENT INCOMPÉTENTE...
Nicolas Sarkozy, redevenu ministre de l'Intérieur, a invité à dîner Bernard Tapie, les époux Balkany, Michel Charasse, Jean-Louis Borloo et Béatrice Schonberg et Brice Hortefeux et sa femme.
ELLE EST PAS MAL ROULÉE, MAIS JE CROIS QUE J'EN VOUDRAIS MÊME PAS COMME SECRÉTAIRE. ALORS COMME PRÉSIDENTE...
Michel CHARASSE
QUELLE INCAPABLE ! JE ME SOUVIENS QUAND ELLE ÉTAIT À L'ÉLYSÉE, LES AUTRES CONSEILLERS NE LA SUPPORTAIENT PAS. MÊME LE VIEUX, ELLE L'EXASPÉRAIT !
Un peu plus tard dans la soirée...
VENEZ LÀ, MES POTEAUX !
AH, LA BELLE ÉQUIPE DE FRANCE !
NICOLAS VA GAGNER, J'EN SUIS SÛR, ET AVEC L'AIDE DE JEAN-LOUIS, ILS VONT FAIRE UN BEAU TANDEM !
BON, C'EST PAS TOUT ÇA MAIS ÇA AVANCE MES AFFAIRES ?
OUI OUI, NE T'INQUIÈTE PAS. JE RÈGLE ÇA DÈS QUE JE SUIS ÉLU, PROMIS...
Avril 2007, 20 heures de TF1.
JE CROIS QUE NICOLAS SARKOZY EST LE PRÉSIDENT QU'IL FAUT À LA FRANCE. IL EST SOLIDE, COURAGEUX, COMPÉTENT. ET TRÈS BIEN ENTOURÉ, NOTAMMENT GRÂCE À MON AMI JEAN-LOUIS BORLOO. ILS FORMENT UNE ÉQUIPE SOUDÉE ET EFFICACE.
CE N'EST MALHEUREUSEMENT PAS CE QUE JE VOIS À GAUCHE, OÙ JE PENSE QUE SÉGOLÈNE ROYAL NE FAIT PAS LE POIDS POUR LE JOB...
OUI, JE SUIS RAVI ET FLATTÉ DU SOUTIEN DE BERNARD TAPIE. CELA DÉMONTRE QUE JE RASSEMBLE ET C'EST BIEN MON INTENTION. JE VEUX RASSEMBLER DES GENS VENANT DE TOUS HORIZONS, DE TOUTES SENSIBILITÉS POLITIQUES.
JE NE SUIS PAS LE CANDIDAT DE LA DROITE CONTRE LA GAUCHE.
JE SUIS LE CANDIDAT DE LA FRANCE, LE CANDIDAT DE LA VIE !
UMP
7 mai 2007
MAIS OUAIS, MES AMIS, JE SUIS TRANQUILLE,
CETTE FOIS MON AFFAIRE EST FINIE ! JE VAIS M'REFAIRE !
"Porte de derrière" du palais de l'Elysée - Septembre 2007
AVEC MON COPAIN NICOLAS À L'ÉLYSÉE ...
Décembre 2007
NANARD REVIENT AUX AFFAIRES !
Mai 2008
TIENS, MAIS C'EST PAS TAPIE LÀ-BAS ?
MEUH NON, PAS TAPIE ICI, ÇA M'ÉTONNERAIT !
Juin 2008

La création et le fonctionnement d'un tribunal arbitral proviennent uniquement du contrat préalable convenu entre les adversaires. Dans le cas présent, Bernard Tapie et le CDR, la structure publique qui gère le passif du Crédit lyonnais, se sont accordés pour se retrouver devant un tribunal arbitral composé de trois personnalités. Christine Lagarde, alors ministre de l'Économie et des Finances, revendique la responsabilité d'avoir demandé la constitution de ce tribunal arbitral pour « mettre un terme à l'ensemble des douze procédures en cours en une seule fois »...

Ministre de l'Économie et des Finances depuis 2007, Christine Lagarde est élue directrice générale du Fonds monétaire international (FMI) le 5 juillet 2011 grâce au soutien de Nicolas Sarkozy. Elle succède à Dominique Strauss-Kahn, contraint à la démission.

Liliane Bettencourt

LA MAMIE ENCOMBRANTE

Héritière de L'Oréal, la généreuse Liliane Bettencourt a toujours apprécié le jeune et fringant Nicolas, lequel a su placer son ascension à l'ombre de la plus grande fortune de France.
Aux petits soins avec le candidat de l'UMP en 2007, elle a même embauché l'épouse du trésorier de la campagne, un certain Éric Woerth...
Tous deux connaissent donc bien (trop bien ?) les petits secrets financiers de la droite française.
Au point de devenir les boulets de la fin de règne du président...

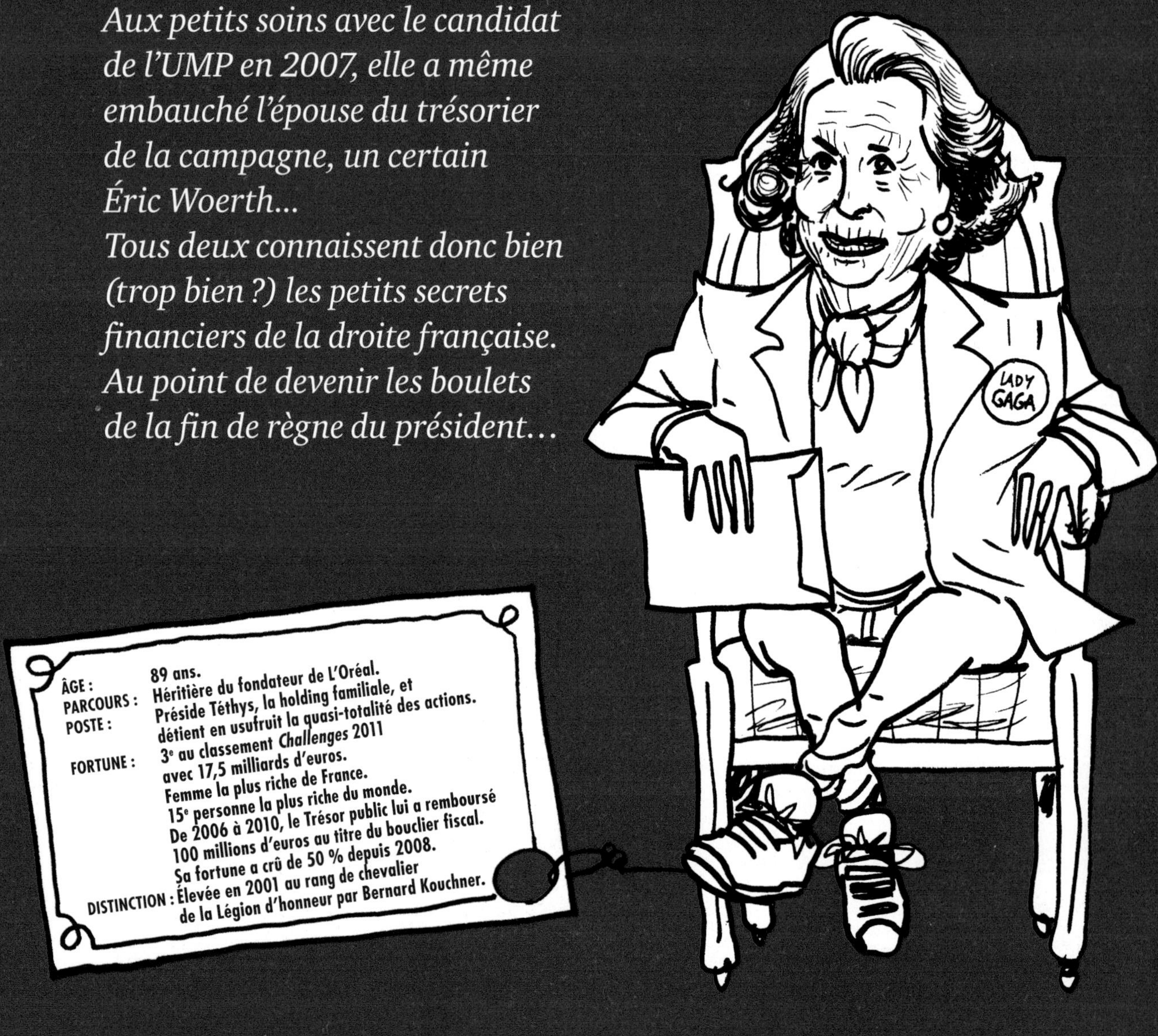

En juin 2010, le site internet Mediapart révèle jour après jour le contenu de 21 heures d'enregistrement pirate réalisées par l'ancien majordome de Liliane Bettencourt au cours de l'année précédente pour se venger de son ex-patronne.

Gestionnaire de fortune, Patrice de Maistre fut le directeur général de la société Téthys, holding contrôlant les actions de Liliane Bettencourt, et de la société Clymène, toujours présidée par Liliane Bettencourt. À ce titre, Patrice de Maistre a géré jusqu'au 31 décembre 2010 la fortune personnelle de Liliane Bettencourt, évaluée à près de 17 milliards d'euros.

ÇA, C'EST POUR VALÉRIE PÉCRESSE.
ET PUIS IL EN FAUT AUSSI POUR ÉRIC WOERTH.
LE MINISTRE DU BUDGET.
JE PENSE QUE C'EST BIEN. . .
C'EST PAS CHER ET ILS APPRÉCIENT...
EH BIEN. POUR UNE FOIS QU'ILS DEMANDENT UNE SOMME LÉGALE...
OUI, ENFIN PRESQUE...
DE TOUTE FAÇON, JE M'EN FICHE. J'AI TELLEMENT DONNÉ DANS MA VIE...
ET À TELLEMENT DE GENS...
AU FAIT, PATRICE...
ET NICOLAS SARKOZY ?
C'EST FAIT, C'EST DEDANS..
AH, C'EST BIEN. VOUS N'AVEZ PAS OUBLIÉ MON NICOLAS...
MAIS NON, BIEN SÛR
ET PUIS VOUS SAVEZ, SI ON L'AVAIT OUBLIÉ, IL NOUS L'AURAIT RAPPELÉ...

28 juillet 2009. Liliane Bettencourt converse avec son notaire, maître Jean-Michel Normand.
COMBIEN J'AI LAISSÉ À FRANÇOIS-MARIE BANIER, QUELLES PROPORTIONS ?
LÉGATAIRE UNIVERSEL.
C'EST-À-DIRE ?
TOUT !
AH, NON ! PAS TOUT QUAND MÊME !
MAIS ENFIN, C'EST VOUS QUI ME L'AVEZ DIT.
MAIS C'EST TROP, C'EST BEAUCOUP TROP !
IL FAUT QUE JE DONNE À BEAUCOUP D'AUTRES GENS AUSSI, PAS TOUT À FRANÇOIS-MARIE.
IL FAUT QU'IL ME RESTE DE L'ARGENT POUR LES AUTRES, TOUS LES AUTRES...
JE CROIS QUE MADAME NE VA PAS TRÈS BIEN.
ELLE AVAIT OUBLIÉ LA TENEUR DE SON TESTAMENT.
JE CRAINS QUE SA FILLE NE PARVIENNE À SES FINS...
AUCUN RISQUE, NE VOUS INQUIÉTEZ PAS. TOUT EST SOUS CONTRÔLE...
VRAIMENT ?
OUI, OUI, PAS DE PROBLÈME. JE CONNAIS DU MONDE. ET MADAME A RENDU TELLEMENT DE SERVICES TOUT AU LONG DE SA VIE...
AH BON,
SI VOUS LE DITES...

Philippe Courroye est procureur général auprès du tribunal de grande instance de Nanterre. Dans les années 80 et 90, il avait notamment instruit les affaires Noir et Carignon. Devenu proche de Nicolas Sarkozy, Philippe Courroye a été promu officier de l'Ordre national du mérite par le Président de la République, qui déclare publiquement à son « ami » à cette occasion : « On nous reproche de nous connaître, mais cela ne l'a pas empêché de faire son métier, ni moi le mien. »

André Bettencourt est un homme d'affaires devenu milliardaire, ancien dirigeant du groupe L'Oréal. Il est né le 21 avril 1919 et décédé le 19 novembre 2007, à l'âge de 88 ans. Il fut député puis sénateur de la Seine-Maritime entre 1951 et 1995 et ministre sous de Gaulle puis Pompidou de 1966 à 1973.

Analyste financière spécialisée dans la gestion de fortune, Florence Woerth, épouse d'Éric, a été embauchée comme directrice des investissements de Clymène, la holding financière de la milliardaire Liliane Bettencourt, à la fin de l'année 2007. Elle a démissionné à la fin du mois de juin 2010, sous la pression du scandale Woerth-Bettencourt. Elle est entrée depuis au conseil de surveillance de la maison de luxe Hermès.

Éric Wœrth, alors ministre du budget, remet la légion d'honneur à Patrice de Maistre à Bercy le 23 janvier 2088.

Le bouclier fiscal est une disposition qui plafonne l'imposition globale des contribuables les plus aisés. Le gouvernement Villepin l'avait fixé à 60 %. Nicolas Sarkozy l'a abaissé à 50 % en 2007 et en a fait une mesure emblématique de son quinquennat. Celle-ci profitait de manière ostensible aux plus riches, Liliane Bettencourt s'étant par exemple fait rembourser 30 millions d'euros à ce titre par l'État en mars 2008…
La majorité a fini par voter la suppression du bouclier fiscal en juin 2011.

C'est le 16 juin 2010 que les premières révélations du site Mediapart commencent à menacer Éric Woerth. Ex-trésorier de la campagne Sarkozy de 2007, et toujours trésorier de l'UMP, Éric Woerth, dont le nom est cité comme celui d'un éventuel successeur de Fillon à Matignon, est alors en charge du périlleux dossier des retraites en tant que ministre du Travail et des Affaires sociales.

Frédéric Péchenard, directeur général de la police nationale, a fait enquêter sur David Sénat, conseiller de Michèle Alliot-Marie, soupçonné d'être à l'origine des fuites dans la presse des PV de l'affaire Bettencourt. Pour y parvenir, il a commencé par récupérer les fadettes d'un journaliste du Monde afin de déterminer la liste des appels qu'il avait passés et reçus, une procédure qui semble avoir été conduite de façon illégale.

Octobre 2010, au lendemain de l'adoption de la réforme des retraites par l'Assemblée nationale.
TU SAIS, ÉRIC, LES DÉPUTÉS N'ARRÊTENT PAS DE SE PLAINDRE.
ILS ME FATIGUENT, CES COUILLES MOLLES...
AH BON, MONSIEUR LE PRÉSIDENT ?
OUI.. ILS VIENNENT GÉMIR DANS MON GILET PARCE QUE LE WEEK-END, ILS SE FONT ENGUEULER DANS LEURS CIRCONSCRIPTIONS.
ET ILS DISENT QUE C'EST À CAUSE DE TOI AH, LES CONS !
AH BON, MONSIEUR LE PRÉSIDENT ?...
EH OUI ! ILS DISENT QUE NOS ÉLECTEURS NE LEUR PARLENT QUE DE TOI ET DE LA VIEILLE, LA BETTENCOURT...
SANS PARLER DE FILLON QUI SE DÉGONFLE À VUE D'ŒIL, COMME D'HABITUDE. ÇA FAIT TROIS FOIS QU'IL ME DEMANDE TA TÊTE...
AH BON ?
EH OUI, QUESTION COUILLES MOLLES, IL SE DÉBROUILLE, LE FRANÇOIS. COURAGE, FILLON !
KH KH
TIENS, PRENDS UN CHOCOLAT, ÉRIC ! POUR UNE FOIS QUE CARLA N'EST PAS LÀ POUR M'EMMERDER..
NON, MERCI.
MAIS SI, ALLEZ, ÉRIC, FAUT QUE TU GROSSISSES. REGARDE-MOI ÇA, T'ES TOUT MAIGRE, ON VOIT À TRAVERS.
AH ÇA, JE COMPRENDS QU'IL TE SURNOMME LE CROQUE-MORT, MON POTE CHARON..
BON, C'EST PAS TOUT ÇA MAIS TU VAS AVOIR FACE À TOI DES GENS QUI VEULENT TA PEAU, QUI NE VONT PAS TE MÉNAGER, QUI VONT EXIGER À CHAQUE HEURE TON DÉPART.
DANS UN TEL CLIMAT DE CHASSE À L'HOMME, POURRAS-TU TENIR INDÉFINIMENT ?
OUI, SANS AUCUN DOUTE.
TU RISQUES DE COMPLIQUER MA POSITION SI JE CONTINUE DE TE SOUTENIR CONTRE VENTS ET MARÉES, TU LE SAIS ?
NON, JE NE SAIS PAS. JE PENSE QUE JE PEUX RESTER MINISTRE.
NON, ÉRIC. C'EST FINI JE N'AI PLUS LE CHOIX. C'EST TROP RISQUÉ. JE NE VEUX PAS ÊTRE OBLIGÉ DE TE LE DIRE DANS UN MOIS.
ON PREND L'EAU DE TOUTES PARTS, IL FAUT QUE TU PARTES !

Jusqu'au bout, Éric Woerth, qui avait réussi à faire approuver la réforme des retraites, a cru qu'il pourrait rester ministre. Il croyait avoir reçu des garanties en ce sens de l'Élysée… Une fois écarté du gouvernement, Éric Woerth a déploré d'avoir été oublié par l'UMP et Nicolas Sarkozy. Il a fait passer discrètement à l'Élysée le message selon lequel, s'il était lâché, il pourrait avoir des choses à raconter…

RÉPUBLIQUE FRANÇAISE
HONNEUR ET PATRIE

UN JOUR, MON FILS...

Il était une fois un gentil papa... et un grand fils ambitieux. Un père prévenant, attentionné, soucieux du devenir, et du bonheur, de sa progéniture. Et un grand garçon un peu naïf, un rien maladroit, mais tellement avide de copier ce papa qu'il admire... Nous sommes en mai 2012. Papa Sarkozy attend fébrilement les premiers résultats du second tour de l'élection présidentielle. Il est tellement fier d'avoir battu Ségolène Royal en 2007 ! Cinq ans plus tard, il aimerait bien rempiler et ridiculiser François Hollande. Mais quoi qu'il advienne ce soir, il en est sûr, un jour ce sera au tour du fiston Jeannot, ce beau jeune homme blond si pressé d'entrer dans la carrière, de lui succéder. La lignée se perpétuerait et la Principauté perdurerait, en attendant qu'un jour sans doute, le petit Louis, à son tour prenne la suite. Décidé à conforter la monarchie du *Fouquet's*, Nicolas Sarkozy prend sous son aile son rejeton d'héritier. Il entreprend de lui enseigner les secrets de Neuilly. D'un doigt rageur, il pointe l'emplacement de l'EPAD (Établissement public d'aménagement de La Défense) sur la carte d'état-major qu'il a déployée sur son bureau : « Et là, Jean, n'oublie jamais ! L'endroit stratégique, le nerf de la guerre, l'EPAD ! Le tiroir-caisse ! Ils te l'ont piqué une fois, mais pas deux ! Maintenant, c'est à toi ! »

Puis il poursuit sa leçon en lui désignant sur la carte de Neuilly les nids douillets, et dorés, où se lovent les hôtels particuliers des puissants à chérir. Le président ressasse la même consigne à son chérubin : il faut rassurer le portefeuille des riches, pour mieux conquérir leur cœur... et s'assurer leur soutien. Chez tous ces puissants aussi, l'heure est à la filiation. William Bouygues, Delphine Arnault, Yannick Bolloré et, bien sûr, Arnaud Lagardère, tels sont les héritiers que le prince Jean doit désormais chérir.

« Car un jour, mon fils, lui serine papa Nicolas, en lui faisant faire le tour du propriétaire, c'est-à-dire en se baladant dans les jardins de l'Élysée, un jour, oui, tout cela sera à toi... »

Lyrique, Sarkozy se met à lui déclamer du Kipling revu et corrigé à sa sauce :

SI TU PEUX VOIR DÉTRUIT L'OUVRAGE DE TA VIE
ET SANS DIRE UN SEUL MOT TE METTRE À REBÂTIR,
SI TU PEUX ÊTRE AMANT SANS TE VAUTRER DANS LE SEXE ;
ET TOUJOURS SAVOIR PRENDRE BIEN SOIN DE TA ROLEX,
SI TU PEUX SUPPORTER D'ENTENDRE BRAMER COPÉ
ET NE PAS TROP BOUILLIR LORSQUE BAVE JUPPÉ,
SI TU SAIS SANS TROP DE PEINE JOUER LES RUSÉS
POUR PROFITER À PLEIN DU YACHT DE BOLLORÉ
SANS NÉGLIGER, BIEN SÛR, DE SAVOIR FAIRE LA COUR
À LA SI GÉNÉREUSE MAMIE BETTENCOURT
SI TU PEUX RENCONTRER TRIOMPHE APRÈS DÉFAITE
SANS JAMAIS NÉGLIGER CEUX QUI T'AURONT FAIT FÊTE,
TU SERAS UN HOMME, MON FILS.
ET SURTOUT TOUT CELA SERA À TOI !
TOUT ? MÊME JADE, LA MEUF À ARNAUD ?
OUI, ENFIN ÇA, ON VERRA QUAND TU SERAS GRAND...
MONSIEUR LE PRÉSIDENT, LES PREMIERS RÉSULTATS DU SECOND TOUR VIENNENT DE TOMBER...

LES AUTEURS

RENAUD DÉLY a 42 ans. Diplômé en 1993 du Centre de formation des journalistes (CFJ), il a travaillé pendant quatorze ans à Libération, où il fut d'abord journaliste au service politique, puis rédacteur en chef, éditorialiste et enfin directeur adjoint de la rédaction. Après un passage de quelques mois au Parisien en 2007, Renaud Dély a été directeur adjoint de la rédaction de l'hebdomadaire Marianne jusqu'en mars 2010. Puis directeur adjoint de la rédaction de France Inter. Depuis avril 2011, il dirige la rédaction du Nouvel Observateur. Il a publié de nombreux ouvrages politiques parmi lesquels Tous les coups sont permis, de Mitterrand à Sarkozy, la violence en politique (avec Henri Vernet) chez Calmann-Lévy (2011), Besancenot, l'idiot utile du sarkozysme (Bourin éditeur, 2009), ou encore Histoire secrète du Front national (Grasset, 1999).
Renaud Dély ne sait pas du tout dessiner mais (un tout petit peu) enquêter et écrire…

Né en 1980, **AUREL** a grandi dans le sud de la France qu'il n'a pas quitté. Il se consacre à partir de 2003 au dessin de presse. Publié dans un premier temps dans des journaux montpelliérains, il franchit rapidement le pas vers la presse nationale, Aurel est aujourd'hui dessinateur et reporter pour le journal Le Monde, l'hebdomadaire Politis, mais aussi Le Monde diplomatique, Jazz Magazine, L'Infirmière magazine ou CQFD.
Touche-à-tout et friand de nouveaux horizons, son premier court-métrage d'animation, Octobre noir, produit par les studios La Fabrique est sorti en salle en octobre 2011. Aurel est par ailleurs à l'initiative avec Pascal Gros, Lewis Trondheim et Tignous, d'un nouveau mode de diffusion du dessin de presse sur téléphone portable et Internet « Ça ira mieux demain ».
Passionné de musique, il est l'auteur de plusieurs bandes dessinées autour du jazz aux Éditions Nocturne, Django Reinhardt (collection BD Jazz, vol. 10), Thelonious Monk (collection BD Jazz, vol. 21), My Funny Valentine (avec Carine Fuentes, collection BD Ital, vol. 3).

LES SOURCES

Enquêter sur une matière aussi inflammable que les relations qu'entretiennent Nicolas Sarkozy et les riches n'est pas un exercice aisé. Depuis son élection le 6 mai 2007, et la fameuse soirée du Fouquet's peuplée d'invités du CAC 40, le chef de l'État a eu le plus grand mal à cacher les liens privilégiés qui l'unissent aux patrons en particulier, et au monde de l'argent en général. C'est la genèse de ces liaisons dangereuses et la façon dont elles ont gouverné le président de la République, depuis la prise de Neuilly jusqu'à la gestion du pays du haut de l'Élysée, que cette bande dessinée entreprend de raconter. Ce récit s'est d'abord nourri d'innombrables rencontres et entretiens avec la plupart des acteurs qui jalonnent ces aventures : des responsables politiques, des patrons, des magistrats, des artistes, des écrivains, des journalistes, ou encore divers agents de l'État.

La quasi-totalité de ces témoins ont requis l'anonymat et le lecteur comprendra aisément que l'on se garde d'en faire ici l'énumération.

Par ailleurs, cette enquête a été enrichie d'éléments puisés aux meilleures sources documentaires. D'abord la presse, et il convient de citer plus particulièrement les sites internet Mediapart et Rue 89, mais aussi des journaux comme Le Monde, Libération, Le Nouvel Observateur, Marianne, Le Point et L'Express.

Enfin, signalons quelques titres parmi l'abondante bibliographie consacrée aux relations incestueuses qu'entretiennent Nicolas Sarkozy et l'argent :

- **Les Ghettos du gotha**, *Monique Pinçon-Charlot et Michel Pinçon, Le Seuil, 2007.*
- **La Nuit du Fouquet's**, *Ariane Chemin et Judith Perrignon, Fayard, 2007.*
- **Sarkozy et l'argent-roi**, *Renaud Dély et Didier Hassoux, Calmann-Lévy, 2008.*
- **Histoire secrète du patronat de 1945 à nos jours. le vrai visage du capitalisme français**, *Benoît Collombat, David Servenay, Frédéric Charpier, Martine Orange, Erwan Seznec, La Découverte, 2009.*
- **Le Président des riches**, *Monique Pinçon-Charlot et Michel Pinçon, Zones, 2010.*
- **Le Contrat : Karachi, l'affaire que Sarkozy veut oublier**, *Fabrice Arfi et Fabrice Lhomme, Stock, 2010.*
- **La République des mallettes**, *Pierre Péan, Fayard, 2011.*

LADY GAGA